文芸社セレクション

塩活援《えんかつえん》護《ご》隊《たい》ダイナ

横田 みすゞ

文芸社

目次

——おいしいものには大概、塩分が含まれている

日本人の一日あたりの平均塩分摂取量は、世界保健機関が定めた推奨摂取量五グラムを遥かに超えている。塩分過剰摂取は高血圧症を引き起こす直接的な原因であり、高血圧を含めた生活習慣病は今や人々の死因の七割を占める。

健康防衛省は国民の晩年の健康を危惧し、国を挙げ〝塩活《えんかつ》〟の指導を始めた——

一、栄養界からの刺客

ここは都内某スーパー。

「私は、塩の繁栄を許さない」

調味料コーナーに参上したダイナは、眼光鋭く陳列棚を睨みつけた。

醤油やみりん、ドレッシングなど、塩分の高い食品の周りには白い羽虫のような生き物が無数に動き回っている。

〝塩の精〟だ。

塩の精は白い人型の生物で、悪く言えば虫、よく言えば妖精——幼気な女の子に見える——の姿をしている。塩の精は瓶に寄りかかったり棚に胡坐をかいたりしながら、互いにお喋りをしているようだ。

塩の精は、普段我々が口にする食品にどれだけの塩分が含まれているかを教えてくれる。おいしいものには必ずと言っていいほど、多量の塩分が含まれているものだ。

そのなかで、ひと際多くの塩の精が群がっている容器が目についた。

「新商品か」

カロリー二〇〇キログラム、脂質五〇グラム、塩分相当量は、四・五グラム……これだけで殆ど一日分の推奨塩分摂取量に相応する。市民の健康を脅かす、危険な食品だ。

「好きなもんを好きなだけ食ってなにが悪い！　それで死んだら本望だ！」

穏やかな下町のスーパーに轟いた怒鳴り声に、ダイナは驚いて振り返った。

慌てて駆けつけるとそこは、加工食品売り場、カップラーメンの陳列された一角だった。

「健康診断で血圧ひっかかっていたじゃない。掛かりつけの先生に合わせる顔がないわ。カップラーメンなんておよしなさいよ」

「おれはまだ病気じゃない！」

人通りのまばらな加工食品売り場で、顎髭を蓄えた初老の男が、忌々しそうに妻らしき女性を押しのける。しかし妻の方も負けじと夫の買い物を妨害する。

「せめてこっちの、減塩印のついているやつにしてちょうだい」

「いやだいやだ！　減塩食品なんてのは、味が薄いし美味くない。食った気がしないんだよ！」

顎髭男はけばけばしく彩られた「鶏ガラ醤油味」のカップラーメンに手を伸ばした。

「あれは……」ダイナは男の手元に目を凝らす。カップ麺の周りに数匹の塩の精が纏わりついている。

——塩分量六・七グラム!? 一日の推奨摂取量を裕に超えている! この塩活時代の世の中にまだそんな商品がのさばっているなんて……!

ダイナは慌てて顎髭男のもとへ走った。

塩の精たちがそれに気が付き、ダイナに襲いかかる。

迫りくる塩の精に、ダイナは突きや蹴りを食らわせ次々と床に叩き落としていく。

この塩の精たちが、人々に塩の誘惑を仕掛けるのだ。

「おれはおれらしく生きるんだ!」

「だめ!」

ダイナの声は届かない。顎髭男は買い物かごに「鶏ガラ醤油味」のカップ麺を投げ入れた。

それを合図とするように、陳列棚に跋扈《ばっこ》していた塩の精たちが一斉にさざめいた。

閑静な加工食品売り場が途端に不穏な空気に包まれ、ダイナは蠱惑《こわく》の森に入り込んだ狩人のように神経を研ぎ澄ませた。

「来る……」

満を持して、奴はカップラーメンの陳列棚から滑るように降りてきた。気体と液体の中間くらいの、煙のような泡のような実態の不確かな黒い塊が重力に従い棚をなぞるようにして近づいてくる。物体の中心は禍々しく蠢いて、小さいブラックホールのようにゆらめいていた。擬態しているつもりなのか人と同じくらいの背丈で、二本の腕のような細い触手が両脇にだらりと伸びている。そして対象者を見つけるとその黒々した手を伸ばす――。

〝沈黙の暗殺者〟だ。

沈黙の暗殺者は生活習慣の乱れた人間に音もなく近づき、本人に自覚させないまま動脈硬化を進行させるおそろしい病魔。突如として命にかかわる病気を引き起こすことでそう呼ばれている。

沈黙の暗殺者の姿を認めると、腹の底から沸々と憎しみが込み上げてくるのを感じ、ダイナは拳を握りしめた。

「私は、塩の繁栄を許さない」

沈黙の暗殺者は顎髭男に忍び寄り、黒い手を伸ばした。男は沈黙の暗殺者の接近に気づいていない。その手に触れられれば最後、脳卒中や腎臓疾患など死に至る病気を発症してしまう――。

「無病息災！」

ダイナは暗殺者の前へ飛び出し、身を捻ってその黒い塊に回し蹴りを食らわせた。黒い珍客は風船のように体積を増やしたかと思うと、堪えきれないというように木っ端みじんに弾け飛んだ。

「あなた、さっきからそこで何をなさってるの」

一般人の目には、可愛げな塩の精も、忌まわしい沈黙の暗殺者の姿も見えない。何もない空中に蹴りや突きを食らわせるダイナに、顎髭の男とその妻は言い争いをやめ目を細めていた。

怒ったようにぶんぶん飛び回る塩の精を手刀で叩き落とし、ダイナは男に向き直った。

「私は塩活援護隊、ダイナ。輝く明日《あす》をあなたに」

ダイナは陳列棚の一番下に並べてあったカップラーメンを手にとり、男の顔の前に突きつけた。

「この新商品を試しましたか？　こっちの方が、だしの味が利いていて美味しいですよ」

男は胡散臭そうに、差し出されたカップラーメンを見た。

塩分含有量一・五グラム――カップラーメン界で最減の塩分量。「だしの旨味でわかめラーメン」という、ダイナ一押しの減塩カップラーメンである。

顎髭の男は舌打ちを返した。

「なんだ塩活援護隊か。医者じゃないくせに、偉そうに指導するな。いいかおれはな、減塩食品が嫌いなんだ。薄味のヘルシーな食いもんなんか食えるか。俺はまだ病気じゃない。おれは自由だ。塩活なんかしない。絶対にな」

男はダイナの差し出した「だしの旨味でわかめラーメン」を叩き落とし、「鶏ガラ醤油味ラーメン」をかごにいれたままレジに並んだ。

「待って……」

「塩活援護隊《えんかつえんごたい》です！　通報を受けて来ました。沈黙の暗殺者はどこに！」

慌ただしい足音とともに、光線銃を構えた戦闘部隊が加工食品コーナーに駆けつけた。

「たぶん、あそこです。あの加工食品売り場で、あの就活スーツを着た子が空中に向かって、回し蹴りや突きを食らわせていました」

スーパーの店長がダイナを指差した。眉の太い、質実剛健な隊員が一番前にでてきて、「なんだって?」と訝しむ。

「塩分可視化装置、起動」

隊員がヘッドセットに手をあてると、目を覆うようにしてシールドが伸びてきた。彼ら塩活援護隊に支給されている塩分可視化装置を通して見れば、食品に含まれる塩の精、それらが呼び寄せる沈黙の暗殺者の姿を捉えることができる。

隊員が見たものは、丸腰で沈黙の暗殺者に対峙するダイナの姿だ。就活スーツの袖をまくり上げ、果敢に殴りかかってゆく。

「おいよせ、沈黙の暗殺者に触れでもしたら……」

現場に駆けつけた塩活援護隊の面々は、ダイナの荒業を目の当たりにして言葉を失った。

沈黙の暗殺者は物理的攻撃を与えることで、一時的に破裂させて疾患リスクを回避することができる。しかし訓練を積んだ隊員でも、直接手で触って懲らしめる者などいない。どんな人間も、病魔に触れれば病気に蝕まれる。

「君、沈黙の暗殺者が見えているのか」

沈黙の暗殺者を殲滅し、肩で息をするダイナに、身体の大きな塩活援護隊員が声をかけた。「塩分可視化装置もつけずに？」太い眉を顔の真ん中に寄せ、驚きと好奇の混ざった目でダイナを見下ろしている。

「はい！　隅々まで見えております」

できるかぎり潑剌な感じに見えるように、ダイナは敬礼を返した。爽やかで元気なほうが社会でうまくやっていきやすいと、どんな就活の講師も口酸っぱく言っていた。

「さっきのは、つまり、どういうことだ。君が沈黙の暗殺者を殲滅したっていうのか？　ま、回し蹴りで……？」

隊員はダイナを頭のてっぺんから足先まで品定めするようにして見た。

「私、風邪ひかないから」

敬礼からなおり、ダイナは乱れた長い黒髪を結び直した。

「お前、そのピンバッチは……」と隊員は、ダイナの胸に輝くエンブレムを指す。交差した匙とフォークの上に椿の花が咲く塩活援護隊の隊証だ。

「塩活援護隊の本部が見当たらなくて……スーパーから見える一番大きいビルって聞

いていたんですけど。都会の建物は全部大きいですね」

首を傾げるダイナに、隊員はたちまちその太い眉を吊り上げた。

「馬鹿者！　まだ研修も受けていないのに、塩活援護隊を名乗るんじゃない！　後はいいから早くいけ！　入隊式はとっくに始まってるぞ」

先輩隊員に怒鳴られ、ダイナは慌てて指示された方角へ走り出した。

「おい、式に出る前に隊服に着替えろ！　まったく……とんでもない新人が入ってきたもんだな」

ダイナはもう、先輩隊員の言うことを聞いていなかった。

勤務先へ向かう社会人を次々と追い抜きながら、ダイナは胸を高鳴らせた。

今日は入隊式。新入隊員が一挙に集まり、塩活援護隊のトップから入隊辞令を受ける日だ。中学生のころからずっと憧れていた職業に、晴れて就職することができたのだ。興奮して落ち着かなくて、昨晩は眠れなかったくらいだ。

桜の花びらの舞う前門を風のように駆け抜け、健康防衛省のエントランスロビーに駆け込んだ。眠そうな顔でカウンターに肘をついている守衛に走り寄る。

「おはようございます。大ホールはどこですか」

息を切らしたダイナを見て、守衛は可笑しそうにした。

「この廊下の突き当たりだよ。新入隊員かい？　初日から遅刻なんて、そんな自己管理で塩活援護隊が務まるかな」

「大丈夫。私、風邪ひかないから。きっと立派な塩活援護士になってみせます」ダイナは差し出された出席署名欄に名前を走り書きして言った。

「強気でいいな。『病は気から』と言うからな。その調子で人類の明日を護ってくれよ」

返事もそこそこに式場へ急ぐ。大ホールの重い扉を押すと、そこにはダイナと同じ赤いジャケットを着た新入隊員が規則正しく列をつくっていた。皆揃って後ろ手に組み、ステージに立つ人物を見上げている。

「我々塩活援護隊の使命は、減塩生活を強いられた市民の減塩を援護し、健康を守り抜くことである」

期待と昂ぶりで暴れていた胸の鼓動がより一層うるさくなるのがわかった。

ステージ上で声を張り上げるのは、塩活援護隊の総指揮官・黒椿《くろつばき》アスア。指揮官の証である黒い援護隊ジャケットを肩に羽織っている。背が高く筋肉質で、褐色の肌に艶やかな黒い短髪。凛とした立ち姿や堂々とした振る舞いは市民の健康を護る援護隊のリーダーに相応しく、彼女の導きに身をゆだねれば楽園にすら辿り着けてしまうような気がするし、自然と生きる希望が湧いてくる。付いてきてと手を引かれれば、全てを捧げて力になりたいと思ってしまう。夢と自信と居場所を作り出す先導者だ。この場にいる隊員の多くはそうしてアスアに誘《いざな》われ、この世界の未来に希望を抱いている。ダイナも、その一人だ。

アスアの後ろの垂れ幕には、塩活援護隊の荘厳なエンブレムが描かれている。ダイナは襟元のバッジを握り、ついにここまで来た、と感動を噛みしめた。

「迫り来る敵は手強い。現場にいる間は一瞬たりとも気を抜くな。沈黙の暗殺者に触れられれば最後、脳梗塞や動脈硬化、腎臓病など命に関わる重篤な病気を発症する」

アスアはブーツを打ち鳴らしステージの上を歩いた。

「そんな危険に臆することなく、難関試験を突破し塩活援護隊に入隊した諸君に、私は指揮官として敬意を表する。君たちのように賢く勇敢で人を想う心を持った隊員にしか、この国の病は治せない。たとえ煙たがれようと、唾を吐きかけられようと、見えない敵と戦い続ける。それが塩活援護隊の使命だ。塩活援護隊の名のもとに、市民の輝く明日を護れ」

アスアが片手をかざすと、若い新隊員たちは弾かれたように敬礼を返した。ダイナも前に倣い右手の平をアスアに向けた。

——市民の輝く明日を護る。塩活援護隊の名の下に

ダイナは昂ぶりを堪えきれずに身震いした。

塩活援護隊の指揮官というのは、かねてからダイナの憧れの的であった。市民の健康のために働く健康のエキスパート、その頂点であり、健康であることの象徴。憎き沈黙の暗殺者を全て殲滅するためには、戦闘能力以外にもあれほどの気位と権力そして隊を動かす風格が必要なのだ。あの地位に、自分もいつか必ず立ってみせる。このカリスマ指揮官・黒椿アスアのように……。

黒い援護隊ジャケットを翻し新入隊員の列を突っ切ってゆくアスアの後ろ姿を、ダイナは恍惚とした表情で見つめた。

翌日から新人研修が始まった。

とはいえ最初の数日間は退屈なものだった。一日の塩分総摂取量の正しい計算の仕方だとか、食品に含まれる塩分の概算見積もりの仕方だとか。市民を怒らせない、がっかりさせない指導のやり方だとか。実地研修に備えて座学研修をほとんど夢の中で過ごしたダイナは、体力が余って仕方がなかった。太い眉の鬼教官に叱責されても、座学の成績も出世に関わると脅されても、椅子に座れば眠気が襲ってくるのだから仕

方がない。ついに実地研修の許可がでたときは、やっと本領が発揮できるとダイナは大喜びした。

ダイナたち新入隊員は、司令部からの遠隔指導を受けながら現場で実地研修を行う。まずは、スーパーでの市場調査。塩活援護隊の週明けは、売り出された加工食品の塩分チェックから始まる。

「聞いたぞ。初日から遅刻とはさすが成績ドベのダイナだな。そんな自己管理じゃ、今後の営業成績もドベ確定だ」

指定されたスーパーの店先で、新入隊員のライトが嫌味な顔をぶら下げて待っていた。前髪を七三に分けた、いかにも優等生といったみてくれの男だ。

「ライト……どうして塩活援護隊にいるの。医者になるのは諦めたの」とダイナはあからさまに嫌そうな態度をとってやった。

ダイナとライトは同郷の間柄で、一学年一クラスしかないような田舎の学校で青春期を過ごした仲だ。親の顔はもちろん、初恋の相手も、将来の夢も希望も全て筒抜けの相手である。健康防衛医大に進学するため上京するライトを、寂れた単線電車の駅から見送った日を昨日のことのように覚えている。

「やめたよ。今は未病・予防の時代だ。病気になってから治すのじゃ、手遅れなんだよ。病気になる前に市民を護る。俺はいつか塩活援護隊の指揮官の座に立つぜ」

「指揮官になるのは私」

「何言ってんだ。食事学の塩分野以外、最低順位だろう。睡眠学も運動学も……なんだ、衛生学は特に酷いな。お前これでよく、塩活援護隊に入隊できたもんだな。健康防衛省の新卒採用基準を疑うぜ」

　ライトは新入隊員に配られた入隊試験の成績順位をこれ見よがしに広げた。

　塩活援護隊の健康成績というのは、食事、睡眠、運動、衛生、交友面で隊の定める基準をどの程度クリアしているかの評価である。つまり自制して健やかな生活を送ることができる人間かどうかということだ。塩活援護隊の職務は、健康な身体でなければ務まらない。

　見た目に違わずライトは新入隊員の同期のなかで頭一つ抜けた成績優秀者である。

「先が思いやられるな。足手まといはごめんだぜ。ドベのダイナ」

「私はドベじゃない」

「二人組ってのはな、両者のバランスが良くなるように組まされるものなんだよ。俺がトップということは、必然的にお前はドベだろ」

　どうしてそんなこともわからないんだ、と付け加えた。昔から、なんとも嫌味な男である。タンスの角に小指をぶつけて苦しんで欲しい。

「私より足遅いくせに」

「沈黙の暗殺者が走るのを見たことがあるのか？　遠隔で殲滅できるように、この対暗殺者用の光線銃が発明されたんだろう。まぁダイナは、射撃の腕もまるでポンコツだからな」

ひとつ言い返すと、百になって返ってくる。ダイナはため息を隠しながらライトの手元の対暗殺者用光線銃を見た。ダイナの腰にも同じものが装備してあるが、まだ上手く使えた試しがない。打つ前に市民が周りにいないか確認し、ホルスターから取り出し、安全装置を外し、照準を合わせ、撃つ。家に帰ったら充電器に繋ぐ。こんなまどろっこしいものを使うくらいなら、蹴り飛ばしたほうが早い。

「まぁ、同郷のよしみだ。ピンチのときは俺が助けてやるから安心しろよ」

そのとき加工食品売り場の通路の両側から、沈黙の暗殺者が一体ずつ姿を現した。カップラーメンとインスタントカレーの棚の間で、ダイナとライトは背中合わせになった。

「ダイナ……昨晩何時に寝た」

「……三時」

「またゲームしてたのか」

ダイナはライトの言及に押し黙った。

「塩分量だけじゃなく、健康管理にも気を使えっていつも言ってるだろ。塩活援護隊のくせに睡眠サイクルもまともに管理できないのか。ただでさえ危険な現場だってのに。これだからドベのダイナは。いつか身体にガタがきても知らないぞ」

沈黙の暗殺者は、不摂生な人間が大好物だ。自分に甘い人間の傍までやってきて、少しずつ少しずつ距離を縮めてくる。

「ドベじゃない」とダイナは口を尖らせた。

研修中、いや大学在籍中に至っても、ダイナの健康成績は常に最低ランクであった。たとえ塩分に関する知識が豊富であろうとも、旬の食物を栄養価を逃さないように調理したり、食事の度に十分も歯を磨いたり、毎晩ホットミルクを飲んで良質な睡眠を取るなどという丁寧な暮らしは、ダイナのような性格の人間には到底できない芸当なのだ。ダイナが胸を張って自慢できる業績と言えば、無遅刻無欠席。小中高大、生まれてこの方所属してきた組織全ての行事とあらゆるイベントにおいて、一度も風邪をひかずに皆勤してきたことくらいだ。

沈黙の暗殺者が二人に向かって手を伸ばす。ライトは光線銃で奴の眉間を正確に撃ち抜き、「狙った獲物は逃がさない」と自分に言い聞かせるように呟いた。

一方ダイナはうぉぉと腹から声を出し、かかとを振り落とす。

「無病息災！」

二体の沈黙の暗殺者は援護隊の反撃を喰らい胡散霧消した。

「沈黙の暗殺者を回し蹴りで粉砕する人間がいるなんて、何度見ても慣れねぇな」

ライトは腰に手をあて呆れたように言った。

「私、風邪ひかないから」

「『病は気から』か……いいか。この世に風邪をひかない人間なんていない。絶対病気にならない人間なんていないんだ。誰にだって必ず限界は来る。そうなる前に……」

「うるさいな。私は絶対、立派な塩活援護隊員になって、出世して、指揮官になるんだから。ごちゃごちゃ口出ししないで」

ダイナはライトを肘で押しのけて、スーパーを後にした。ライトのお小言に付き合っていたら、それだけで日が暮れてしまう。

「ドベがトップに立てるかよ。指揮官になるのは俺だ」

ライトもダイナの前にでてきて、二人で足を踏みつけ合いながら歩いた。

二人はスーパーの駐車場に停めていたジープに乗り込んだ。

今日はこのまま二人で市民宅を訪問し、塩活を援護する職務をこなす予定だ。ライトが通信機を起動し司令部と連絡を取る。

「こちら塩活援護隊、ライト。担当市民のデータを送信願います」

『市民ナンバー四四八二。吉村京子さん、七十二歳。夫に先立たれ一人暮らし。ステージ二の顧客。血圧異常。腎炎症予備軍……沈黙の暗殺者の出現歴はなし。こちらの基本データを参考にしてください』

「今時珍しいな。優良顧客だ」

塩活援護隊は全国に約十万人の登録市民を抱える。健康診断で医師の指導を受けた生活習慣病並びに高血圧症予備軍が健康状態を日々報告してくるのだ。その情報をもとに担当の塩活援護士は登録市民の家を訪ね、塩分を摂りすぎていないか、血圧に異変がないか、沈黙の暗殺者の気配がないかを観察し、病気を未然に防いでいかなければならない。

「しかし最高血圧一四一はダメだな。ダイナもだらしないことばかりしているとこうなるぜ」

ライトは肩をすくめて首を振った。いちいち一言多い男だ。しかし悔しいことに何も言い返すことができない。

ダイナはハンドルを握り、アクセルを踏みつけた。

ダイナは吉村家の茶の間で居心地悪そうに正座をしていた。ライトはその後ろで光線銃を構えながら、台所でコーヒーを淹れる吉村に愛想よく声をかける。

「吉村さん、我々仕事中ですので、お構いなく。ヒアリングを始めましょう」

「二人ともお菓子はいる？　羊羹と最中どっちがいいかしら。塩活援護隊の子が久々に来てくれたから嬉しくて」

吉村はもともと皺くちゃだった顔をさらに皺くちゃにして笑った。

登録市民に対するヒアリングは月に一回のペースで行われる。ダイナとライトはまだ半人前扱いで、市民にヒアリングをする役と背後に立って沈黙の暗殺者の襲来に備える役を交互に担っている。

「女の子は甘い物が好きよね。ダイナちゃん」

「は……いえ、結構です。塩活中ですから」

本当は甘い物は大好物だし、小腹もすいていたが、市民の前では健康体の模範として生きるように指導を受けている。危うくまたライトの前で失態を晒すところだ。

「そうだったわ。私もコーヒーに含まれる塩分量を確認しないとね」

吉村はくすくす笑って、小型のパネルをコーヒーにかざした。画面には認識された食品の塩分含有量が数字で表示される。塩活援護隊と契約を交わした市民に支給される、ポータブル型の塩分可視化装置だ。

「一杯あたり、〇・五ミリグラム。摂取……と」

吉村の皺くれだった指がパネル上の数字に触れると、塩分メーターがわずかに上昇した。

「今日は朝も食べていないから全然あがってないわ。ダイナちゃんもライトくんも病気じゃないんだから、そんなに神経質にならなくても。コーヒーの一杯くらい大丈夫でしょう。さ、どうぞどうぞ、熱いうちにどうぞ」

ダイナは立ち昇る湯気をじっと見ていたが、意を決してカップの取っ手を掴んだ。訪問先で熱いうちにどうぞと言われて勧められる茶は、十中八九ほんとうに熱くて飲めない。

「吉村さん、体調はお変わりないですか。データは数値良好のようですけど」

ダイナは涙目になりながらヒアリングを始めた。タブレットを取り出して吉村の測定記録を見る。市民が身に着けている血圧計が自動的に朝晩二回の血圧を測定し、数値が担当援護隊員のもとに送られてくるようになっている。市民の食事と健康状態を把握し適切な塩活援護を行うのも、塩活援護隊員の業務のうちだ。

「ダイナちゃんに褒められたくて、頑張っているからね」

吉村が冗談交じりに笑う。目尻に刻まれた皺の様子にダイナは妙な違和感を覚えた。

「最近……なにかありましたか」

「なにかって？」と吉村は弛んだ瞼を持ち上げた。

「えっと」

「吉村さん、最近は朝食を摂っていないのですか。血糖値の数値が上がるのが、昼からですね」

違和感に捉われて滞ったヒアリングを、ライトが後ろから押し流した。

「朝食はできれば毎日摂ってください。臓器の活動にもエネルギーが必要ですから」

「でもねぇ、最近血糖値も気になって。米を食べるのは控えているのよ。かといってパンは塩分高いでしょ？　だから朝は抜いちゃうのよ。この歳になると一日二食くらいがちょうどいいのよ」

「血糖値……」ダイナはタブレットに目を戻した。糖質制限は塩活援護隊の管轄外で、塩分学以外の知識に乏しいダイナは言葉を詰まらせた。

「確かに食事の直後は血糖値が上昇しますが一日三食バランスの取れた食事をしていればホルモンが正常に分泌されて、値を下げてくれます。沈黙の暗殺者が怖いのはわかりますが、体調を崩しては元も子もありません。神経質になるのはかえって良くないですよ」

またライトが後ろから助け船をだした。

「だって、知らないうちに忍び寄るんでしょう、奴ら」

吉村は見えないものに怯えて部屋を見渡した。その視線はダイナの後ろで仁王立ちしているライトが、部屋に入ってからずっと握っている光線銃にいきつき、ますます不安の色を増した。

「最近増えてるって言うじゃない。書道教室の先生もね、ついに見たっていうのよ。お向かいの本田さんの奥さんもよ。そりゃあ歳をとれば病気もするけど、それでも寝たきりになったりして家族に迷惑をかけたりするのは嫌なのよ」

「確かに近年、奴らの目撃件数は増加していますが……現れてすぐに接触してくるわけではありません。その前に我々がしっかり殲滅しますから、安心して。気を強く持って生きてください。『病は気から』と言うでしょう……」

もう殆ど、市民のヒアリングをしているのはライトだった。今回のヒアリング担当であるはずのダイナはすっかり立場を失ってしまった。途中どうにかして話に割ってはいろうと目論んだが、ライトと吉村が尿酸値と尿検査のあるある話で盛り上がると、ダイナはもうついていくことができなかった。

研修中においても、ライトの健康成績は常にトップクラスだった。普段は厭味ったらしいくせに外づらだけは良くて、上官にも、登録市民にも気に入られている。今後営業成績も上位に名を連ねて出世街道をゆくに違いない。一体いつこれほどの差が開いてしまったのだろう。

手持無沙汰になって、またあつあつのコーヒーに向き合うと、テーブルの上に置いてあるハガキが目に入った。

「管理栄養装置のモニター募集……?」

ダイナはハガキを手に取って眉を寄せた。仰々しいタイトルの下には〈～あなたの健康、見守ります～〉と記されている。

「あらやだわ。最近息子がね、今時の健康はこうだって、いろいろと調べてくるのよ。塩活援護隊に管理してもらっているのに、管理栄養装置だなんて、不謹慎でだめね」

吉村は取り繕うように目尻の皺を深くした。

吉村のヒアリングが終わり車に戻ると、ライトがダイナの頬を摘まんで顔を寄せた。

「お前な、ヒアリングは決められた手順通りに進めろよ。おかげで俺が主導する羽目になったじゃないか。マニュアル嫌いなやつはすぐに自己流にアレンジするから困る。そういうのは一流になってから……」

「ライト、管理栄養装置ってなにか知ってる？」

考えていたことをそのまま口に出すと、ライトの青みがかった瞳が揺れたようにみえた。

「……何も考えなくても健康になれることが幸せだっていう、そういう思想。それを体現する装置のことだろ……特別な装置が今自分に必要な栄養素を教えてくれて、食事の代わりにサプリメントや点滴で栄養を摂るんだよ」

さすが優等生は最新のヘルスケア情報の収集にも抜け目がない。

ダイナが素直に感心していると、腕の通信機がけたたましい音を立てた。

「こちら塩活援護隊、ダイナ」

『市民ナンバー八五四九本人より緊急援護要請。沈黙の暗殺者、複数確認。場所は新宿五丁目交差点前。至急、出動願います』

「ラジャ！」

二人はマンションの階段を駆け上がって、市民ナンバー八五四九の住む部屋へ向かった。

『山田喜朗さん、六十八歳。妻とは離婚後、三十代の一人息子と同居中。血圧、尿酸値ともに異常。高尿酸血症の疑いあり』

「近日登録申請をした新規登録市民か……こら、一人でいくな！」

ダイナはライトを置いて家宅に侵入した。対暗殺者用光線銃を片手に、短い廊下を走る。

山田家の居間に到着するやいなやダイナは悲鳴をあげた。塩の精が大量発生して居間を埋め尽くしていたのだ。小さいのから大きいのまで、我が物顔で部屋の中を飛び交っている。遅れて入ってきたライトも、大量に湧き出た塩の精をみてすかさず光線銃を構えた。

「塩の大量発生……!?　この量の塩分を一気に食らったら、ひとたまりもない。致死量だ」

「山田さん、一体なにを食べたんです！」

部屋を見回すと、ダイニングテーブルいっぱいにポテトチップスが広がっている。それもうすしお味だけでない。コンソメ味にチーズ味、サワーオニオンクリーム味まで揃い踏みだ。パーティ仕様に開けたポテトチップスの袋の前で、頭の禿げ上がった男が、怯えたように膝を抱えていた。

「少し魔がさしただけなんだ！　今日は息子が旅行で、見張っている人がいないから……誘惑に勝てなくて……」

「塩活中にポテトチップスを食べるなんて！」

これだけ塩の精が集まっていれば当然、沈黙の暗殺者がうまれる。この怯えよう、既に接触したか……。

ダイナは部屋の奥に視線を走らせ、窓際に黒い影を捉えた。沈黙の暗殺者が窓のサッシに足——のような部位——をかけ部屋に入ろうとしているところだった。

怒りの感情が火の玉となってダイナの身体を駆け抜けた。

「私は、塩の繁栄を許さない。無病息災！」

ダイナは飛び掛かって蹴りを入れた。暗殺者は弾け飛び、ダイナはそのまま窓から落ちかけた。

「銃を使えよ馬鹿！」

ライトがジャケットの襟を摑んでくれたおかげで、三階から落っこちずに済んだ。

「用心しろ。何かおかしい。山田さんには塩の大量発生を起こすほどの要因はなかったはずだ。山田さんがいくら自分に甘い人だって、この量の塩分を摂取しようとするだなんて正気じゃない。いくらだらしのない生活をしている人だってここまでしない。こんなのは前代未聞だ」

ライトの言葉に傷ついた顔をして、山田はダイニングテーブルの傍で俯いた。

「塩活中でなくたって、一人で複数のポテトチップスを同時に開封するなんて気が触れているとしか思えない」

いささか言いすぎでは……と山田を同情し始めたとき、塩の精たちが囁く声がした。

「ダイナ、伏せろ」

ライトの凄みのある声に、すぐさま頭を押さえて床に突っ伏した。光線が髪の毛を掠めて、ダイナの背後にいた沈黙の暗殺者を直撃する。

「今、私が避ける前に撃たなかった？」

「気のせいだ」

二体始末して、それでも塩の精のさざめきは収まらない。塩の精たちが忙しなく飛び回る。

部屋の空気がすぅっと冷たくなり、ダイナは弾かれたように山田の方を見た。沈黙の暗殺者が山田の背後に忍び寄り、腐ったような黒い腕を山田の頭へ伸ばしていると
ころだった。ダイナの腹に再び怒りが沸き起こる。

「塩の繁栄を許さない。無病……息災……！」

無我夢中で沈黙の暗黙者に飛び掛かり、半ば覆いかぶさるかたちで山田を護った。

「大丈夫ですか⁉　どこも触れられてませんか」

「腰を打った……」と山田は顔を歪めた。

「ちょっとあんた、一体何者なの？」

甲高い声がして、ダイナは驚いて顔を上げた。山田の秀でた額の上に、手の平サイズの塩の精が浮かんでいるのだ。顔の殆どを占める大きな目で訝しそうにダイナを見ている。窓から射す西日が、白い羽をやたらと美しく煌めかせる。

「どうしてこいつらに触られたのに、病気にならないのよ」

塩の精は、期待を裏切らない可愛らしい声で言った。

塩の精というのは食事の度に食卓に現れて、特に何をするでもなくそこにいて、食事が終わるといつの間にか消えている、単体であれば害のない生き物だ。こんな風に

人間に話しかけてくるなど聞いたこともない。よく見てみれば、七十年代のアイドルが身に着けていたようなコスチュームを着て、水色の頭髪からは二本の触覚が生えている。ビー玉みたいな瞳をこちらに向け、ぷりぷりと不機嫌な様子で「聞いてるの」と詰め寄ってきた。

「私、風邪ひかないから」

質問の答えになっていないような気もしたが、ダイナがそう返すと塩の精はふぅんと言って飛び上がった。

「『病は気から』ってわけ。あたしの天敵ね、面白い。覚えてなさいよ」

不敵な笑みを浮かべていたくらいだから、捨て台詞のつもりだったに違いない。あるいは体勢を立て直して策を練るつもりだったのかもしれない。しかしダイナは空気を読まないということには昔から定評のある方で、格好よく羽を羽ばたかせてカナブンみたいに飛んでいく塩の精を、それこそ虫を捕まえる要領でひっ捕らえた。

「な……な……放しなさいよ！」

塩の精は信じられないというような表情で、ダイナの手の中でじたばたした。

「そっちこそ、どうして喋れるの」ダイナが尋ねると、喋る塩の精は長い睫毛を押し上げダイナを見た。

「どうしてって、勉強したからよ。あたしは栄養界じゃ優秀な方なのよ」

「栄養界……？」ダイナは眉を寄せた。

「ダイナ、そいつを放すな。この大量発生、そいつの仕業に違いない」

「わかってるよライト。偉そうに指図しないで」

「あんたたち！」

喋る塩の精がダイナの手の中で、部屋中の無垢な塩の精をぐるりと見渡した。

「こいつら二人を生活習慣病にしてやりなさい！」

カーテンにくるまったり日めくりカレンダーを破って遊んでいた無垢な塩の精たちは、喋る塩の精の命を受け、その穏やかな雰囲気を豹変させた。縦横無尽に部屋を飛び回り、塩活援護隊の二人の身体に捨て身の突撃を始めたのだ。塩の精というのはすなわち塩であり、十センチの塩の精は大体一グラムの塩、ということになる。身体の芯にぶつかって取り込まれれば、意志に関わらず塩分を摂取してしまったことになる。

「もう間違いない！　その喋る塩の精が主犯だ。こいつらを操っているんだ。気をつけろ。塩の誘惑を受けたら沈黙の暗殺者を呼び寄せちまう」

ライトは主に手刀で塩の精を床に叩き落とし、攻撃をかわしていった。さすが鍛え抜かれた塩活援護隊といったところか、塩の誘惑にも抗い続けた。

両手が塞がっているダイナは、塩の精たちの突撃をもろに受けた。途端に、目の前のダイニングテーブルに広がっているポテトチップスが異様な存在感を放ち、目が離せなくなった。

塩活援護隊を志すようになってから、このような俗世的なスナック菓子は口にしなくなっていた。栄養学の知識を身に付けていくうちに、これは自分の食べる食べ物ではないというような気がしたし、せっかく鍛えた筋肉がこれらによって消滅させられるような感覚がして嫌悪すら抱いていた。もうどんな味であったかも覚えていない。それなのに、嘘みたいに口に唾液が溜まっていく。袋を開けた時の香ばしい匂い、ちょうど一口サイズの食べやすさ、歯で嚙み砕いたときのパリッとした感触、舌と上顎で挟んで押しつぶしたときのしっとりとした触感、食べだすと止まらないやみつきになるその刺激、そして一袋食べ終わったときの背徳感――全ての快感がひとつになってポテトチップスを形どっているのだ。その体験がポテトチップスなのだ。まさに至高。あっぱれポテトチップス。ポテトチップスがない人生など、ネタのない寿司、いや具のない味噌汁に等しい――あ、味噌汁も飲みたい――。

ダイナの思考は塩分に対する欲望に蝕まれた。このまま何も考えずに身を委ねて、快感に浸ってしまいたかった。

沈黙の暗殺者は目の前に迫っていた。ダイナの身体は普段のようには動かなかった。これまで揺らぐことのなかった沈黙の暗殺者に対する全能感を、まるで失っていた。決して、掌底の打ち方や回し蹴りの繰り出し方を忘れたわけではない。それは多分、快楽に屈した罪悪感からであった。理にかなっている気さえした。今現在自分に、この不遇に抗う権利はないように思えた。

「それでいいのよ。我慢なんてしないで、おいしい物をたくさん食べなさい。塩は人間を幸せにするわ」

喋る塩の精が左手の中で囁いた。

ダイナはテーブルの上のポテトチップスを鷲掴みにし、口を開けて天井を仰いだ。大丈夫。ちょっと食べたくらいで、どうってことはない。いつも頑張ってるし、今日はたくさん、動いたし……。

沈黙の暗殺者の黒い手がダイナの顔へ伸びてきた。しかしもう止まることはできない。たとえ病気になろうとも構わない。うすしお味の魅力に抗うことはできない。

そのとき、目前で肉片が砕け散った。

仕留めたのはライトの光線銃だった。彼の性格を表すかのように寸分の狂いもなく暗殺者のこめかみを打ち抜いていた。

「俺は、狙った獲物は逃がさない」

あわや、うすしお味に屈するところであった。ダイナは正気に戻り「危ない危ない……」と額の汗を拭った。

「この塩分量、埒が明かねぇな。回収装置を作動するぞ」

回収装置というのは、大量の塩の精を一気に始末するための、要は掃除機だ。ライトはランドセルのような四角いリュックを担いで、掃除機の先を無垢な塩の精に向けた。

「こちら塩活援護隊ライト。回収装置の解除を要請します」

『かしこまりました。三秒後に起動できます』

即座に、抑揚のない声が返答をよこした。ライトが掃除機のボタンを押す。

眩い直線の光が壁にへばりついている妖精に直撃し、強力な引力で彼女たちを吸い寄せた。塩の精はきゅーだかぴゅーだか鳴きながらぎゅるぎゅると回ってシリンダーを通り、ライトの背負っているランドセルのなかに収まった。

『回収を確認しました。お疲れ様でした』

抑揚のない声が隊員を労って、通信はプツリと途絶えた。

部屋に充満していた塩の精は一匹残らず回収され、居間は静かになった。喋る塩の精は青ざめて、「あたしの部下をどうするつもりなのよ！」と喚く。

「塩美《しおみ》先輩。またしくじりですかぁ」

甘ったるい声がして窓の方をみると、サッシのところにまだ妖精が一匹残っていた。ダイナの手の中に捉われている塩の精とはまた雰囲気が違って、ピンク色の髪の毛をおさげに結っている。

「蜜子《みつこ》っ……なんであんたがここに」塩美は傲岸な表情を崩し、目を見開いた。

「先輩の仕事を見習おうと思って見てたんですよぅ。こんなにたくさんの塩の精を使って老いた人間一人生活習慣病にできないなんて、主任も落ちたものですねぇ。しかもそんなヒヨッコの援護隊員に捕まって。詰めが甘いんですよぅ」

「ちょっと待って！　これは誤算なのよ！　病気にならない人間がいるなんて聞いてないわ」塩美は異様に焦って、ダイナの手の中で暴れた。

「しくじりはしくじりですよぅ」

「上には報告しないでちょうだい。まだ挽回できるわ」

「報告・連絡・相談。社会人の基本ですよぅ」

「待ちなさい蜜子。今度パフェ奢るから」

「仕事のできない女は嫌いですぅ」ピンク頭の蜜子は眉毛を下げて微笑んだ。

ダイナはまた空気を読まずに、空いている方の手を蜜子に伸ばした。先ほどポテトチップスを摑んでべたべたになっている手だ。

蜜子は「きゃー」と叫んで飛び上がった。待て、とライトがダイナを制す。

「そいつは塩の精じゃない。おそらく砂糖の精。つまり……俺たちの管轄外だ」

ライトの石頭発言に、ダイナは啞然とした。そうしている間に、蜜子は「塩の精と一緒にしないでくださいよぉ」と窓の隙間から外へ飛んでいった。

「どうしてくれるのよ」

塩美はダイナを睨みつけた。「栄養界の労働環境は人間界よりもシビアなのよ。きっとクビだわ……」と困ったように爪を嚙む。

「今の誰？　お友達？」

「同じ会社の後輩よ。糖分推進課のやつらはね、あの手この手でこっちのマーケットを奪おうとしてるのよ。減塩ができない人間と糖質制限ができない人間の客層が被ってるからって、こっちが開拓した市場を横取りするつもりなんだわ。そもそも甘い物を食べさせて人間を生活習慣病に陥れるなんて、クールじゃないと思わない？」

塩美が一気にまくしたてるので、ダイナは「はぁ」と声を漏らした。

「あんたのせいで失業したんだから新しい就職先、口を利いてくれるんでしょうね。

とっとと妖精用のハローワークに連れて行きなさいよ」

　塩美はダイナの手のなかでよくわからないことを喚いた。

「ダイナ、そいつをこの瓶に詰めろ」とライトがどこからか尿瓶を取り出して蓋を開けるのをみて、塩美は顔をひきつらせた。

「いやだわちょっと、冗談でしょう。あたしをどうするつもりなの」

「上に報告する。報告・連絡・相談は社会人の基本だろ」


　二人と一匹はジープに乗り込み、塩活援護隊の本部へ向かった。

　ライトは助手席で、光線銃の照準を塩美に突きつけたままだった。塩美が尿瓶に入るのをとにかく嫌がるので——当然だ——羽をクリップで留めて飛び立てないように処置した。

「逃げたりしないわよ。こっちにも面子ってものがあるのよ。リストラされておめおめ地元に帰れるわけがないでしょう」塩美は不貞腐れてダッシュボードに胡坐をかいていた。

「はい、ええ。市民は無事です。食べかけのポテトチップスも滞りなく廃棄しました。では、すぐにご報告にあがります。わかりました」

「指揮官はなんて!?」

ライトが通話を切ってすぐ、ダイナは興奮気味に尋ねた。

「全員で報告に来いってさ」

ダイナは歓喜の悲鳴を上げ、赤信号を見切り発車した。

「どうしよう、いきなり飛び級出世かも！」

奇妙な喋る塩の精を捕まえた。これは大きな手柄に違いない。

現場実績を積み、市民に愛され、隊内の信頼を勝ち得てからその実力を買われ上司の推薦で特殊部隊かなんかに抜擢されて、指揮官直々の命を受け任務を遂行、実力を認められ次期指揮官に……それがダイナが勝手に思い描いていたキャリアだった。こんなに早く、カリスマ指揮官にまみえる日が来るとは。

「おいっ安全運転！　出世どころかお前は塩の精にやられてあろうことかポテトチップス万歳だとか言って、唯一の取り柄である暗殺者殲滅もできずに市民を不安にさせて……」

姑モードになったライトに、ダイナは腰の光線銃を抜いて突きつけた。

「指揮官の前で余計なことを言わないで」

「人に銃を向けるな！」

「ねぇ、なにあれ」ダイナはフロントミラーを指差した。

狭い道幅いっぱいに黒い塊が蠢いている。沈黙の暗殺者が大群となってこのジープのあとを追ってきていたのだ。普段市民宅の居間で遭遇する奴よりも、数倍は速い。

「あいつら、走るのか」とライトが窓を開け後方を見て、ショックを受けていた。今後は仕事のあとにジム通いをするライトの姿を拝めるだろう。

「俺たちを追ってきているのか？」

沈黙の暗殺者は不摂生をしている人間や気に病んだ人間のところにやってくるものだ。健康の権化みたいな塩活援護隊員を追いかけてくるなどまるで理にかなっていない。

「きっとあたしを助けに来たんだわ」塩美がダッシュボードの上に立って、囚われの姫のようなことを言った。

「始末しに来たんじゃなくて？」

ダイナが鼻で笑うと塩美は暫く黙り込み、顔を青くして「速度を上げてちょうだい」と急かした。

「こいつを差し出せば済む話だが、指揮官に報告した手前、手ぶらでは帰れねぇ」

ライトはまだ窓から首をつきだして、後方から追ってくる沈黙の暗殺者をみていた。

でよいのだ。

「車を停めて応戦しよう」とダイナが鼻息荒く提案した。戦闘は得意分野だ。新入隊員にして、沈黙の暗殺者を大量殲滅。営業成績なんぞ悪くとも、実績を上げればそれでよいのだ。

「馬鹿言え。光線銃の充電がもうほとんどない。替えのポータブルの方も、回収装置に繋いでいて残り二〇％だ。新人二人で闘うにはあの量はキャパオーバーだろう。奴らどんどん増えていく」

「ライトは車の中に隠れていればいいよ。私が戦う。体力には自信ある」

「お前みたいな危なっかしい奴を一人にさせられるか。それに庁舎に付いてこられても困る。応援がくるまで逃げ切って、開けた場所で態勢を立て直すぞ」

なんだがライトにリーダーシップをとられているようで癪ではあるがこの際仕方がない。ダイナはライトの指示に従い目的地を変更した。しかしこの人口密集地新宿区で開けた場所といったら御苑か、代々木公園、中央公園か……ダイナはハンドルを切ろうとして、慌ててブレーキを踏んだ。

「まずい、赤信号！」

「まったく、交通ルール守って人類守れませんでしたじゃ、洒落にならないぜ。やるぞダイナ」

「私に命令しないで」

二人は後部ドアを開け、車の荷室から光線銃を構えた。

沈黙の暗殺者は目前まで迫っていた。ダイナは殆ど反射的に光線銃を打ち鳴らす。

その全てが面白いくらいに標的を外れ、街の看板や街路樹に当たった。

「おい、市民に当てるなよ！　ピリッとしたって本部に苦情がきたら、一緒にいた俺の評価まで下がる。俺がやるから貸せ」

「ちっ。ピリッときたくらいで……」

ライトのお叱りを受けてダイナは撃つのを止めた。今のノーコンを見られてしまっては言い訳も立たない。ダイナは渋々光線銃をライトに託した。

沈黙の暗殺者はローラースケートでも履いているかのような滑りで公道を走ってきた。射程圏内に入った瞬間を狙って、ライトが的確に一体ずつ倒していく。それを学習したのか、二体同時に、やがて三体同時に迫ってくる。対暗殺者用光線銃には一発撃てば数秒のエネルギー充塡ブランクが生じる。その間を見計らって車まで到達してきた暗殺者には、ダイナが足蹴りを食らわせた。どこから湧いてくるのか、一向に減る気配がない。ダイナの息も上がってきた。

「数が多い！　仕事をミスしたくらいで、なんだっていうの」とダイナは前方座席の塩美を振り返った。

「言ったでしょ!? 栄養界の労働環境はシビアなの。しくじればこうやって圧迫面接で自主退社を迫られるのよ。働かざる者生きるべからず！ 仕事ができない奴は、生きてる価値もないのよ！」

塩美がダッシュボードの飲み物いれにしがみつき、「労働組合もないし！」と泣き叫んだ。

「くそ、応援はいつ来るんだ!? 充電がなくなる！」

ライトが苛つき始めたとき、どん、と車の屋根に何かが降り立った物音がした。屋根の上から光線銃よりも継続的な強い光線が発射され、横に線を引くようにずれていった。光線にあたった沈黙の暗殺者は次々と破裂してゆく。

一体の暗殺者が、粉塵にまみれて執拗にライトに腕を伸ばしてきた。しかしダイナが蹴りを入れる前に何者かに刺されて破裂した。

「私の懐で暴れるとは、奴ら、良い度胸をしているな」

その声を聞いてダイナの胸は大きく脈打った。

粉塵のなかから現れたのは、黒い援護隊ジャケットを着た背の高い女性。背中に施された椿の花のエンブレムが風になびく。塩活援護隊含めた健康防衛省戦闘部隊の総指揮官、黒椿アスアだ。

ダイナは以前にも一度、今のように息を切らしながら、この大きな背中を見上げていたことがある。

それは今から八年前、ダイナがまだ中学二年生だった頃の、ある秋の日のことだ。


神社の境内の低いところを通った風がいくつかの絵馬を揺らし、カラン、と涼しい音をたてた。

『家族全員がずっと健康でいられますように』

『お母さんの病気が治りますように』

絵馬には味気のない油性ペンで、そのような願い事が書かれている。

ダイナの実家は片田舎にある神社の奉祀を世襲してきた家柄で、ダイナは神主の一人娘であった。家のことはよくわからないが疫病退散のご利益がある神社だということで、その日も無病息災を願う参拝客がひっきりなしに訪れていた。学校から帰ってきたダイナは社務所の縁側に腰掛けて、拝殿に二礼二拍手一礼をするスーツの人をぼんやり見ていた。

「みんな、誰にお願いしてるの？」

隣に座っている祖父に尋ねた。額と目尻に皺が刻まれていて、目の下にはたるみ、頬にはくすんだ無数のしみ。昔は色男だった、というのが本人の言い分だが、ダイナが生まれたころにはすでにじいさんはじいさんだったわけで、どうにも判断を下しかねる。神主の仕事は息子に譲って、隠居生活を送っている。また七十近い老人にはよくあることで、時々体調を崩しては病院に通っていて、本人よりもダイナの方がどの薬をいつ飲むのか知っている。祖父曰く、薬を飲んでいれば病気でも好きなものを好きなだけ食べられるというのだから、医療というものは大したものだ。

「そらあ、うちの神様だろうよ」

「神様ってどこにいるの？　今何してるの」

たったの十円とか百円とかで病気を治してくれるうちの神様という存在を、ダイナはまだ確信しきれずにいた。よくわからないものを信じられるようになることが、大人になるってことらしい。

「自力で叶えられないものは、誰かに頼りたいと思うだろう。誰だって病気にはなりたくない。ダイナもそうだろう」

「私は、風邪ひいたことないもん」

「はっは。そりゃなにより。『病は気から』というからなぁ」

祖父の笑い方は吸い込まれていくような深みがあって、秋の憂いすらも過ぎた、冬の空気と似ている。全部畳んで店仕舞い。それでいてどこか別の場所へ出発する蓄えのようなものも感じられる、あの空気と同じだ。

「今日はどうした。神社に来るなんて、珍しいじゃないか」

「家にいると、お母さんがうるさいから」

そろそろ、志望校を決めて受験勉強を始める時期だ。文系とか理系とか、そういう形式的なものも選ばないといけない。人生をかけて成し遂げるなにかに繋がる道を選択しなければならない。家から通える程度の距離で、学費はなるべく安くて、そこそこの偏差値の高校のなかから、そういう選択をしなければならない。

「じいちゃんは嬉しいけどな。ダイナが巫女をやってくれるのを、楽しみにしているんだから」

当然巫女だなんて進路は願い下げで、考えたこともない。最悪は実家を継ぐという甘い意識があるから自分で考えようとしないと母は言うし、女の子だから危険なことじゃなければ好きにすればいいと父は言う。

「お父さんもお母さんも、うるさいよ。勝手なことばかり言って」

「ダイナを想ってのことだろうよ。なにかやりたいことがあるのか。東京に行ってみたらどうだ。本当は海外に行ったっていいんだ」

なにかやりたいこと。みんながそれを聞いてくれるのだから、自分は恵まれている。しかし毎日十五分歩いた先の学校に通って、毎日知った顔に会って、授業を受けて帰る日常のなかでは眺めている世界があまりにも狭かった。せいぜいネットの窓から、知らない人がこしらえた偽りの生活を覗くくらいが努力の限界だった。

「二人の言いなりにはなりたくない」

そのくらいしか、今言える自分らしさというものを持ち合わせていなかった。ただこの閉塞感から逃れたいという思春期特有の反骨精神がそう思わせるだけで、確固たる意志があるわけではない。あとどれくらい人生を生きれば、意志や自我、己の正義といったものを手に入れることができるのだろう。

「じいちゃんは、どうして神社で働いていたの」

「儂は人を幸せにする手伝いができることが、嬉しかったんだ。そういう仕事に就けたのは、じいちゃんにとって幸せなことだった」

そういう殊勝なお考えは、どのくらいの時期に生じるものなのだろう。自分の幸せは自分の幸せで、人の幸せはやっぱりどこまでいっても人の幸せで、それがどのような経緯で結びつくものなのか、全然わからない。

祖父は言い終わってから、突然、本当に突然大きく咳き込んだ。続いて胸を掻き毟るように苦しみだして、仰向けになった。ダイナは驚いて祖父の青い顔を凝視していた。

「今日、薬飲んでなかったの。お父さん呼んでくるよ」

「迎えが来た」

喉をヒューヒュー鳴らして言った。デイサービスかなにかの迎えの時間なのかと思って、ダイナは辺りを見渡した。さっきのサラリーマンも帰ってしまって、傍には誰もいない。

「迎えなんて来てないよ」

「かれこれ四年になる。あいつが来てからずっと、薬に頼る毎日。儂が力尽きるのを待っておるんだ」

「なに……誰が」

祖父が急に饒舌になったのに驚いて、ダイナは辺りをきょろきょろするのをやめた。

祖父はぶるぶると手を震わせて何かを指差した。

「沈黙の暗殺者だよ」

ダイナは目を瞬かせた。祖父が指差す方には、由緒正しい歴史ある松の木が立っているだけだ。

　ダイナは背中が寒くなってきた。額には汗が浮かんでいた。自分の理解の及ばないことが起きている。それだけはわかる。どうもなにかが、そこにいる。らしい。

「儂が死んだら、酒漬けにして葬ってくれよ……」

　祖父は往年、酒浸りの生活を送っていた。周りの反対に耳も貸さず、祖父の座る食卓には昼も夜も必ず瓶ビールが置かれていて、毎日一人でそれを飲んでいた。酒のつまみには塩辛とか、チータラとかそういうものが並んで、美味しそうに嗜んでいた。

　ダイナは物心ついた頃から、毎日その横で学校での出来事を話していた。両親に言えないようなことも、祖父には言えた。廊下を走って先生に叱られたことも、リレーで一等を取ったことも、ひとつ上の先輩と殴り合いの喧嘩をしたことも、好きな人ができたことも、話して聞かせた。毎日、毎日……。

「……毎日酒につきあってくれて、ありがとうな」

　祖父はうわ言を呟き、揺れる手を懐へ持って行った。その揺れの気味の悪さに、ダイナはかえって目が離せないでいた。

　祖父が懐から取り出したのは、護符であった。手の動きを見る限りでは、その護符をダイナに渡そうとしているように思えた。そう思ったのと同時くらいに、祖父はもう祖父ではない別のなにかだった。ダイナの呼吸は乱れていった。自分の手も震えていた。何か声を出そうとして、唇がうまいこと言葉を結ばなかった。代わりに歯が音を立ててその音が頭の内部から鼓膜に響いていた。

長いことじっとしていたが、ついに汗が額から目の中へ流れてきて、ひとつ瞬きをした。それを合図に筋肉が弛緩して手を動かすことができた。硬い祖父の手から護符を抜き取ってみると、達筆で「無病息災」と書かれていた。それを握り締めて、眼球だけを動かし、また松の木の方を見た。

もし、美しい着物を着た穏やかな表情の人が立っていたら、それはどこか知らない世界から神社の神聖な道やなんかを通ってきたお迎えなんだと思って、納得のいく理由を探し始めたかもしれない。じいちゃんは充分生きたとか、そろそろ解放してあげないといけないとか、そんな風に御託を並べたかもしれない。

ところが松の木の前に立っていたのは、どう見たって、いいお迎えではなかった。

それは黒い靄のようなものだった。一瞬見ただけでは、煙かとも思った。しかし火の元もないし、風で消え去ることもない。それは人の形を作っていて、遠くにいれば松の木よりも少し低い人のように見えた。顔の部分は黒い靄が蠢いて、なにかを吸い込もうとしているように見えた。だんだんと距離を詰めてくる。砂利の上を歩いているはずなのに、音はしない。祖父をめがけてきているのはわかったが、阻止する方法が思い浮かばず、実行する勇気もなかった。

それはなめくじのように裾をぬめらせて、ついに祖父の目の前まで来た。人間の骨の数であればしないような変な動きで手と思しき部位を伸ばし、祖父の顔面に突っ込んだ。ダイナは傍でそれを見ていた。それはとても、汚いもののように思えた。断りもなく人のものを略奪しようとする、邪悪なものに見えた。

「やめて……」というのが自分の喉からでた音であると、頭が理解するのに少し時間がかかった。怒りが恐怖を凌駕して、血が勢いよく身体を巡った。そのときのダイナの骨と皮だけでできているような軟弱な身体は、体内を駆け巡る獰猛なほどの生命力に耐えられないというように熱をあげた。熱かった。なにか刺激を加えられれば、衝撃でなにもかも吹き飛ばしてしまいそうな感覚があった。エネルギーは出口を求めて頭のなかでがんがん暴れた。

黒い手はダイナの方へ伸びる。腐った爪先がダイナの鼻に触れようかというとき、その手は、突然目の前で弾けた。続いて頭、腹、足も木っ端みじんに飛び散って、陰っていたものが晴れた。

粉塵のなかから太陽のように現れたのは、交差した匙とフォークの上に椿の花が咲くエンブレムだった。

「生きているか」

その人は顔だけこちらに向けて、慈しむような瞳でダイナを見下ろしていた。ジャケットが風を受けて広がって、ものすごく、大きい人のように見えた。

「もう大丈夫。私は塩活援護隊、アスア。輝く明日をあなたに」

そう言って、握っていた短刀を腰の後ろに括ってある鞘に戻した。言葉のでないまま呆然としているダイナの頬に優しく触れ、その人は強く美しい笑みを浮かべた。

「アスア、仕留めましたか」

アスアの背後から同じようなジャケットを着た長髪の男が駆けてきた。

「また破裂させてしまった。捕まえるのは難しいな」

「早く沈黙の暗殺者を捉えて調査しないと……今後のために回収用の装置をつくりましょう。それにもっと遠隔で攻撃できる武器も欲しいところですね。でないと全ての沈黙の暗殺者を殲滅するのは困難です。それで、彼になんの病気をもたらしていたのですか」

「腎臓病だよ。ひと足遅かった。なぜ透析治療をやめたんだ……」

「透析というのは、つらいものです。治療費もかかる。家族に迷惑をかけたくない気持ちもあったのでしょう」

「最近、そんなのばかりだ。寿命をのばして健康寿命を置いてけぼりにしてたんじゃ、人々の本当の幸せは……でも幸い、孫が傍にいて直前まで話せていたから……」

二人は振り返り、ダイナの様子を見て息を飲んだ。

ダイナの目の前には、黒い靄の病魔が再び形を作っていた。沈黙の暗殺者はまたしても、黒い手をダイナに伸ばしていた。

ダイナの心は燃えていた。今度ははっきりと、自分がこのおぞましい物体に恐怖していないことを自覚した。あるのは、憤りだった。理不尽に、予期しない形で、合意もなく奪い取られたことに対する怒りだった。

「返してよ」

ダイナは沈黙の暗殺者に対峙した。納得いかないことに腹を立て、子供がよくするみたいにその黒い腕を叩いた。

ダイナの手が沈黙の暗殺者の黒い手にぶつかったとき、沈黙の暗殺者は跡形もなく弾け飛んだ。憎き相手が砂のように粉々になったのを見て、ダイナの気分は少し晴れた。

「今、なにをした……」

顔を上げると、驚きと興奮の入り混じったアスアの顔があった。

「沈黙の暗殺者に自ら接触するなんて自殺行為に等しい。どこか、具合の悪いところはないのか」

「私、風邪ひかないから」

ダイナが言い放つと、アスアは大きな瞳をさらに大きく見開き「『病は気から』……」と呟いた。

「稀有な形質発現です。アスア、遺伝子採取のために連れて行きましょう。今後の研究に役に立つかもしれない」

男が言うとアスアは考えこむように顎を押さえた。アスアはそのまま神社の階段の方へ歩いていきダイナもその後ろに、そうすることがさだめみたいに、ついていった。

「お前、名前は」

「ダイナ」

「ダイナの目にはこの世界、どう映る」

アスアに指差され、階段の上から自分の育った田舎町を見下ろした。

家の屋根に、玄関に、人々の生活の中に、奴らはいた。なめくじのように裾をぬめらせて、特定の人のあとをつけ回していた。

「私はいずれ奴らを殲滅し、この世界を平穏なものにしたい。今日のような悲しい出来事をなくすためだ」

今まで何を見て生きていたのだろうか。自分の住んでいる世界が、こんな風に得体の知れない何かに蝕まれていたなんて。収まっていた気分が、またぶり返す。

「勝手なやつらばかり……」

「気に入った。ダイナ、大人になったら塩活援護隊に入れ。あいつらから市民の健康を護る仕事だ。私たちのような、強くて健康な人間にしか務まらない。共に、人類の輝く明日を護ろう」

アスアは、ダイナの制服のブラウスの襟にピンバッチを刺した。匙とフォークの交差した上に椿の花が咲く隊章だ。

その日から、ダイナは塩活援護隊への入隊を志すようになった。

「二人とも、仕事は楽しいか」

ダイナとライトの無事を認めると、アスアは腰の後ろの鞘に短刀を収めた。艶のある短髪が風に揺れる。

ダイナはもう何度もこの日のことを妄想し何通りもの挨拶を練習してきた。それなのにいざ目の当たりにするとその圧倒的な存在感を前に、借りてきた猫のように何も言えなくなってしまった。この高鳴る胸のときめきを的確に表現するには、持ち合わせている台詞ではあまりに安い。何も言わない方がまだ飾らない表現といえる。言葉というのはここまで無力だっただろうか。

ダイナはなんとか目を合わせ真摯に、はい。と敬礼をした。

「まさか、応援要請をして黒椿指揮官がいらっしゃるとは思いませんでした。指揮官の御手を煩わせることになるとは。不甲斐ない」

ダイナがなにも言えないうちに、ライトが優等生らしいことを言った。

「新入隊員が何を言うか。なに、ちょうどドローンでパトロールという名の散歩中でな。二人とも無事で良かった」

アスアはそう宣うと車の上に飛び乗って、浮かんでいた中型のドローンに掴まった。

「お勤めご苦労。手洗いうがいを済ませてから私の部屋へ来い」

ダイナはライトと並んで、手洗いを始めた。普段なら自分の十倍近い時間をかけて手を洗っているライトを白けた目で見ているが、今日は違った。指揮官室に直々に呼ばれたのだ。なんなら一度家に帰って、全身の雑菌と垢を落としてからお目にかかりたい。それと、先程山田家で一戦まみえた沈黙の暗殺者。一瞬とはいえ塩の誘惑に負けその魔の手に落ちかけた。ぬるい。甘い。自分を鍛え直したい。『病は気から』なのだ。病などには絶対に屈しないという強い精神力と、心身を健康に保つ自制心が必要だ。衛生管理は得意ではないが、指揮官の期待に応えるためなら克服したい。

隣で泡石鹼を指先、指の間、手首に入念に擦り込ませる擦るライトの手腕を、目をかっぴらいて観察した。指は捻じるように、爪の間と掌の皺は擦るように各十回。うがいはまず口に含みぶくぶくと歯や舌の雑菌をさらい吐き出す。次に喉の奥まで届くように上を向きガラガラと息を吐くこと十五秒。そうだ、手洗いうがいは速さじゃない、質だ！

ぺぇえっと排水溝に水を吐き、口を拭った。ダイナはひとつ、真の塩活援護隊への階段を上った。

ダイナとライトは後ろ手に組んで、指揮官室の机の前に並んだ。ダイナは初めて入る指揮官室の様子を目に焼き付けるのに必死だった。窓は二つでカーテンは白。室内は明るくシンプルなつくりで物が少ない。机の上には書類が積み重なってはいるが、洗練されている。カップはステンレス製で中身は多分ブラックコーヒー。

アスアは革張りの回転椅子に座って、デスクに両肘をついていた。いつかここで、こんな風に仕事をするのだ。それまでにはあつあつのブラックコーヒーを飲めるようにならなければ。

「ほうこれが、喋る塩の精。もう十五年はこの仕事をしているが初めて見たな」

アスアは、机の上で腕を組んでいる塩美をあらゆる角度から観察した。塩美は羽にクリップをつけられたまま、そっぽを向いて不遜な態度をとっていた。

「山田さんの部屋に致死量レベルの塩の精を呼んだのはこいつです。喋る塩の精はダイナに話しかけたあと、何百もの他の塩の精に命令を下しました。こいつらを生活習慣病にしろ、と。他の塩の精はその命に従い我々に襲いかかり、ダイナがその攻撃を食らいました。ダイナ」

ライトに促され、乾いた唇を舐めた。

「喋る塩の精を両手で摑んでいて、他の塩の精の攻撃を防げませんでした。あの、それで、急にテーブルに置いてあったポテトチップスが食べたくなって……普段は殆ど食べないんですけど……」

そこまで喋って、上司にこのような報告をしている自分がとんだ間抜けに思えてきた。

「塩の誘惑を受けたダイナに沈黙の暗殺者が迫り、私が光線銃で殲滅しました」

ライトがそう締めるとアスアは「よくやったな」と満足そうな顔をした。優等生というやつは、上司の前では一人称まで変えるのだ。くそ、やられた。これが社会人の報告か。

自然な流れで出し抜かれ、ライトのやり方にダイナは唇を噛んだ。今からでもどうにかして自分のアドバンテージを主張しなければ。

「ダイナはそれでも塩の精を放さなかったのか。偉いな。沈黙の暗殺者が怖くないのか」

「あ、はい！　私、風邪ひかないから」

ダイナが元気よく応えるとアスアは優しく笑った。

「それでダイナに捕まって、大人しくしているのはどういう領分だ？　塩の精よ」

「今は働く理由がないもの」塩美は相変わらず顔をプイとやって不遜な態度を貫いた。

「会社をクビになったと言ってました。そして働かない者は始末されるって」

「それは不景気な話だな。どういった業務なんだ」

「どうって、人間を生活習慣病にさせる仕事よ。病気にさせればさせるほど、営業成績があがるの。あたしが勤めていたのは栄養界の大手人間撲滅会社ヒューマンバスターズ㈱。選ばれし優秀な営業マンの私が、人間界に出張中だったってわけ」と塩美は得意げに話した。

「沈黙の暗殺者も、栄養界の住民なのか」

「まぁ、そうなるわね。あたしたちは花畑や澄んだ泉で暮らすけど、やつらは暗くて悲しい掃き溜めようなところに住んでいるのよ。ヒューマンバスターズ㈱は彼らと業務提携してるの。とにかく文句を言わずに命令に忠実に働くから、要は便利なのよ。あなたも見たところ偉い人なんだから、そういうのわかるでしょ」

「……長年苦しめられてきた宿敵が、別世界からの出稼ぎ労働者だったとはな」アスアは苦々しく笑った。

　人間界だとか栄養界だとか、塩美の言うことはもうちんぷんかんぷんで、ダイナは途中から考えるのをやめていた。

「そしてその親玉が塩の精だったとは。考えもしなかったよ。お前、名前は？」

　塩美は口をへの字に曲げて、アスアの問いかけを無視した。代わりにダイナが応えた。

「塩美先輩、と呼ばれていました」

「よし塩美先輩。なぜ他の塩の精と違って、人間の言葉が話せる」

「人間にだって英語が得意な人とそうじゃない人がいるでしょ。同じことよ。語学が堪能なほうが、グローバルに働けるじゃない。部下たちはひとえに勉強不足なのよ」

それを聞いたアスアは途端に、経営者の顔になった。

「他に特技はあるか?」

「料理の塩梅を見るのは得意よ。若いときは焼き鳥屋でそういうバイトをしていたわ」

ダイナは、塩美が自分の身体と同じくらいの大きさの焼き鳥を転がしている様子を想像した。

「仕事は好きか?」

「……なにが言いたいのよ」と塩美は訝し気に、アスアの端正な顔を見上げた。

「塩活援護隊で雇ってやろう。私はお前が欲しい」

アスアの言葉に、ダイナとライトは息を飲む。

「塩の精を塩活援護隊に?　ご冗談を」

「冗談なものか。優秀な人材はいつだって取り合いだ」

能力を買われて嬉しかったのか、塩美はみるみる顔を赤くし取り繕うように背けた。

「あ、甘くみるんじゃないわよ!　このあたしに人間の健康を護れって言うの?　新卒から人間撲滅業界で働いて、この道百年になるのよ。今さら正義の味方になんてなれっこないわ。……せめて先に、労働条件を提示してちょうだい」

「まずは試用期間。その間手取り二十万。週休二日制、勤務時間はフレックス制を導入……」アスアはブーツを鳴らして部屋を歩いた。

「試用期間に手取り二十万!?」と塩美が金切り声を上げげた。

「その後問題がなければ正規職員雇用。能力に応じて賞与あり」

「せ、正社員!?　残業代はでるの？」

「見込みなんて野暮な真似はしない。規定外労働は自己申請で一・五倍の時給を」

「や、やるわ！　ここで働かせてちょうだい！」

　ここまで興奮するとは、ヒューマンバスターズ㈱というのはとんだブラック企業であるに違いない。アスアが羽のクリップを外してやると、塩美はパタパタと人間たちの頭上を飛び回った。

「あたし、塩分に関してはエキスパートなのよ。塩活援護隊の業務のお役に立てるわ。なんでも聞いてちょうだい」

　塩美は手の平を返すように態度を変えた。

「指揮官、他の隊員が納得するとは思えません。あまりにも危険です。塩の精ですよ。いつまた他の塩の精に指示を下して沈黙の暗殺者を呼び寄せるかわかりません。塩の大量発生を引き起こす危険性もある。いくら訓練を積んだ塩活援護隊といえど、戦闘態勢にないときに襲われれば耐えられません」

ライトが上の決定に苦言を呈するとは、よほど塩美の存在が怖いのだ。

「一理あるな、ライト。お前の意見は正しい。そして非常に保守的だ。しかしそれでは勝てない戦もある。戦況を見誤ってはいけない」

アスアに宥められ、ライトは押し黙った。

「私も反対です。縛り上げて奴らへの見せしめにしましょう。私は塩の繁栄を許さない」

「ダイナはどうしてそう攻撃的なんだ。お前たち、足して割ったら丁度良いな」とアスアは肩を揺らした。

「しかしやる気があって有能な人財に、能力に見合った仕事を与えないというのは、それはそれでパワハラというものだ。塩美には現場で働き、若き塩活援護隊員を導いてほしい」

「メンターってわけね。構わないわよ。面倒見はいい方なの。で、どっちと組むの？」

塩美はダイナとライトを見比べた。塩の精に面倒を見られるなど御免である。塩活援護隊のプライドというものが許さない。

「私、塩の精に指導されるほど、落ちぶれていません。成績はここからあげます。メンターなんていりません」

「たとえ塩の誘惑に誑かされようとも、決して病気にはならない。お前はそういう体質の持ち主。そうだな、ダイナ」

化粧っ気のない、それでいて引きつける力のある瞳が、ダイナを捉える。見えざる手がダイナの及び腰を捕まえた。

「はい、私は風邪をひきません……」

「ではダイナに塩美の監視を頼むこととしよう」

「監視」とダイナはオウムのように返した。

「ダイナにしかできない仕事だ。頼むぞ」

「私にしかできない……」

空中で偉そうに踏ん反り返っている小さな生き物を見上げ、ダイナは鼻に皺を寄せた。塩は敵だ。塩の精と行動を共にするなど、虫唾が走る。しかしカリスマ指揮官黒椿アスアに仕事を託されて、できませんと言えるはずもない。

「ダイナが見るくらいなら、俺が見ます。こいつは危なっかしい。俺なら仕事がひとつやふたつ増えたくらいでどうってこと……」

「私が見ます」

ダイナはライトを押しのけた。ライトに仕事を横取りされるくらいなら、塩だろうと砂糖だろうと請け負う。これはもしかすると、ライトを出し抜くチャンスかもしれない。しかしライトも引かない。

「いくら『病は気から』といっても、塩の精と行動をともにするなんて危険です。塩の精なんて信用ならない。いつ裏切るか……」

「ならば命の保険に、これを持っていろ。塩美はこれで、ダイナに逆らうことはできない」

アスアは胸のポケットから、青い液体の詰まった小さなビーズを取り出した。洗濯槽に放り込むだけで衣類を洗浄してくれる、ボール状の液体洗剤に見えた。

「それは……」

「塩害防腐剤。広範囲に亘って塩を溶かす強力溶剤だ。技術開発局の最新の研究の成果物だが、まだ隊員への支給は見送っている。取り扱いには注意しろよ。溶かした塩は戻ってこない」

「ありがたくいただきます」

ダイナは青いビーズを受け取り、腰のポーチにしまった。

二、不良市民

塩活援護隊員の社宅の独身寮は本部の真裏に位置しており、通勤時間は五分とかからない。九階建ての建物の一階にダイナの生活する部屋がある。本来、洗濯物が盗まれやすいからとか泥棒に入られやすいからとかいう理由で、女性隊員に一階の部屋が割り当てられることはないのだが、ダイナは一階に住みたいという主張を頑として譲らなかった。

ぎりぎりまで寝ていられる。これが、ダイナがリスクを背負って一階での暮らしを志願した理由だ。塩活援護隊の本部は、社宅のベランダから出てちょっとした塀を乗り越えればほぼ直結している。社宅のエントランスを通って本部のロビーへ回らなくとも、こちらから走ってゆけば二分は短縮できる。九階になど住んだ暁には間に合うものも間に合わない。それに忘れ物をして取りに戻る際も、一階と九階では雲泥の差だ。じれったくてエレベーターのボタンを壊れるほど連打する自分が容易に想像できる。これは自己の性質を鑑みたダイナなりのリスクヘッジだ。とはいえさすがにそのようなだらしのない理由を総務部の方々に申し出る勇気はなく、地に足着けて生きたいなどと言って話の通じなそうな人間を装い一〇五号室を勝ち取った。無遅刻無欠席の称号だけはどんなことをしてでも守り続けたい。

ちなみにライトの部屋も一階で、お隣さんにあたる。ライトが一階を選んだ理由はゴミ捨て場が最も近いからという理由であり、一日二回はゴミ集積所に通っている。ゴミが長時間部屋の中に残留することが許せないと言うのだ。ライトの神経の研ぎ澄まされ方は野生動物を凌ぐ勢いである。残業で遅くなったダイナが開けるドアの音でも起きてしまうので働き過ぎるなと言うし、非番の日でもダイナの部屋のアラームで目覚めてしまうから休みを合わせたいと言うのだから気持ちが悪い。

「住宅手当まで充実してるなんて、頭が下がるわね。あたしもちゃんと福利厚生を吟味して就職活動をするべきだったわ」

飛び回るのに疲れたのだろうか。社宅のエントランスまで来ると塩美《しおみ》はダイナの肩の上に腰かけた。

「言っておくけど私は、あなたを仲間と認めたわけじゃない。アスアさんの指示だから従うだけ。仕事とはいえ、あなたは今まで散々善良な市民を病気に陥れてきたんでしょう」

冷たく言い放つと、塩美は「つれないのね」とむくれた。

「今日からルームシェアするのよ。同居人でしょ。仲良くしましょうよ」

「同居人じゃない。私は見張り役。二十四時間監視するからね。少しでも変なことをしたら、すぐ上に報告する」

「はいはい。上に報告。持ち帰って検討。こうやって自分じゃなんにも判断できないポンコツがうまれていくんだわ」

「あんまり私を怒らせたら、この塩害防腐剤をお見舞いするよ」とダイナは青いビーズを取り出して塩美の前にチラつかせた。

「しまってよ。そんな物騒なもの。さて、今日はよく働いたから汗かいちゃったわ。シャワーを浴びさせてちょうだい」

六畳一間の部屋の灯りをつけると、昨日の夕飯に使ったままの食器や三日放置した洗濯物、いつからそこにあるのか記憶にないペットボトルの山が二人を迎えた。

「汚い！」

塩美は部屋に入るなりキーキー声で叫んだ。

「こんな不潔なワンルームに住んでる塩活援護隊がいるなんて、信じられないわ。丁寧な暮らしのエキスパートのはずじゃないの。さてはあんた不良ね」

「私、風邪ひかないから」

「掃除しなさいよ！」

「仕事のあとに掃除なんて勘弁してよ。ご飯食べよう」

冷蔵庫から食料を取り出すと、塩美は大袈裟に仰け反った。

「あんた、ご飯ってそれはプリンじゃない。人にはあれだけうるさく減塩減塩言っておいて、糖分は摂るわけね」

「だってもう疲れてるし、早く食べられるのこれしかないよ」

「あるじゃないの、この冷凍弁当を食べなさいよ」

塩美が冷凍庫から引っ張り出したのは、職場で配られた分析用の冷凍弁当だ。含有塩分が気になって、ずっと食べずに置いてある。

「だって面倒くさいよ」

仕事で疲れた日は、レンジを三分待つことさえも面倒くさい。

「だってもヘチマもない！」塩美は髪を逆立てた。これは、ライト以上に口煩いかもわからない。

健康な身体を維持するには主食、副菜、主菜その他乳製品と果物をバランスよく摂取する必要がある……良質な睡眠のために就寝一時間前には食事を摂らないようにするべきだ……それは血糖値の上昇を防ぎ寝ている間の脂肪の燃焼を促す……頭では理解しているが知識を生活レベルに落とし込んで実装できるかどうかはまた別の話。ダイナは仕事を家に持ち帰らない質だ。

「これ塩分高いから食べたくない」

「疲れてる日くらい、いいじゃない。弁当に入ってる唐揚げは美味しいわよ」

「プリンでいいよ」

「だめよ。プリンだけはだめよ。わかったわ。私の力を見せてあげる」

塩美はキッチンのコップにさしてあったフォークを引き抜き、ダイナに突きつけた。

「フォークで人を指さない」

「ソルティ・メルト！」

フォークの切っ先から何やら水色の眩い光が噴射した。キラキラビームはダイナが塩美から取り上げた弁当に当たり、その容器を包み込んだ。

「なにしたの？」

「塩分量を調整したのよ。これで減塩弁当のできあがり。美味しく調整しておいたわ」

塩美は冷蔵庫の上に設置してある電子レンジの上から投げキッスをよこした。

「案外、正義の味方が向いてるんじゃない」

「冗談はよしてよ。あたしは塩の精よ。健康を害する、人間サマの永遠の敵。正義の味方っていうのはね、人気者でないと務まらないのよ」

塩美はそっぽを向いて白い羽を羽ばたかせた。


翌朝、カーテンの隙間から差し込む朝日の眩しさに寝返りを打った。枕元の時計の針がちらりと見えて飛び起きる。針は普段家を出る時間を指していた。

ダイナは顔を洗い、パックに直接口をつけて牛乳を飲み、急いでジャケットを羽織った。

「こら、コップに注ぎなさいよ。汚いわね。それでも塩活援護隊なの」

塩美はローテーブルの上で手鏡を覗きながら、水色の髪の毛をひとつに括っている。既にメイクも終えて、重力に逆らって立ち上がる睫毛の下からダイナを見ていた。

「起こしてくれるって言ったよね」

「何度も起こしたわよ。瞼を引っ張っても鼻の穴を蹴り上げても起きなかったのはダイナのほうじゃない」

「起きるまで起こしてくれなきゃ意味がないの。急いで！　すぐに家出るよ！」

ダイナはそう叫んでベランダにブーツを放り投げた。起床後約五分。これが無遅刻の秘訣でもある。

「リップくらい塗りなさいよ。接客業でしょう」

塩美はどこから見つけたのか、就職祝いに母からもらって一度も使ったことのない桜色のリップを抱えて飛んできた。ブーツのチャックを両足同時に引き上げているダイナの唇に、さっとひく。

「眉毛も描いた方がいいわ。髪もきれいにしなきゃ。ちょっとじっとしてよ、もう！」

頭の周りでどうでもいいことを喚いている塩美を無視して、ダイナはベランダを飛び越えた。

朝の冷たい空気を肺へ送り込む。今日からは一人で登録市民の家に塩活援護へゆく。一人前への第一歩だ。沈黙の暗殺者を倒し、一人でも多くの市民の健康を護ってみせる。そして黒椿アスアのような、立派な塩活援護隊員になるのだ。

振り分けられた市民一覧を確認しダイナは早速、オフィスから最も近い区域にある新規顧客の家へ向かった。人通りの多い大通りでも、ひとつ小道に入れば古い建物が犇めき合う住宅街。一方通行の狭い道路ばかりで、幅のあるジープは外壁に擦るのが怖くて大通りに置いてきた。それにしたって火事でも起きればすぐに燃え広がりそうな密集具合である。

「高杉敦夫さん、六十五歳。身長一六八センチ、体重七六キロ、ＢＭＩ一二七。定年退職済。趣味は釣り。血圧、尿酸値ともに基準値を超過……悪玉コレステロール値一六〇か」

「不良市民ね。あたしの前職の顧客かもしれないわ」と塩美は鼻で笑った。

「塩美。家に上がったら、絶対に私の仕事に口を出さないでね」

新規登録市民のプロフィールを頭に叩き込み、よしっと気合いを入れてインターホンを押した。はい、と明るい女性の声が応答する。

「こんにちは。塩活援護隊です。新規のご挨拶に伺いました」

「おれはやらんぞ！」

ダイナが高杉家へあがると、言い争う声がした。通された居間は洋風のつくりで、壁に海外の国旗や動物の首の飾り物がかけてある。ガラス張りのケースのなかにグラスのコレクションが並んでいた。皮張りのソファで膝を組んでいたのは、見覚えのある男だった。

「あれ……あのときの……」

新規登録市民の高杉敦夫は、入隊式の日に本部付近のスーパーでカップラーメンを食べたいと喚き散らしていた顎髭の男だった。

「一度検査に引っかかっただけだ」

高杉はそっぽを向いて挨拶も返してくれなかった。塩美がダイナの肩の上で「面倒な客ね」とぼやいた。

「ごめんなさい。私たちが勝手に申し込んだもんだから怒っちゃって」

ダイニングにいたおそらくは娘夫婦が、申し訳なさそうにダイナに頭を下げた。旦那のほうは四十代くらいの大人しそうな男で、妻の方は大きなお腹を抱えていた。

「いえ、塩活は本人の意思と同じくらいに、身の回りの方々のサポートが必要ですから。非協力的なご家族よりもよっぽど……」

「食べることだけが唯一の楽しみなんだ。おれから楽しみを奪わないでくれ」

高杉は怯えた獣のように歯茎をむき出しにしてダイナを威嚇した。その様子を見て、ダイナはかえってやる気を漲らせた。減塩を嫌がる市民の相手ほど、塩活援護隊の腕の見せ所というものだ。

「高杉さん、ご家族に提出していただいた健康診断の結果を拝見しました。主治医にはなんと言われましたか？」

「塩分を控えめにしなさいと言われただけだ」

「敦夫さんが召し上がる食事を作られているのはどなたでしょうか」

「私ですが……」

向かいのソファに腰かけた敦夫の妻が、控えめに申し出た。

「では、食事療法について奥様もご一緒に聞いていただいても良いですか」

「はい……。普段から和食をつくっているので、家のなかではさほど塩分とってないはずなんですけどねぇ。どうせ外でラーメン食べているんだと思いますよ。本当にラーメンが好きで」

「食ってない！」

「汁まで飲み干すのよ」

「汁は半分残してる！」

高杉は妻の誘導尋問にまんまと乗せられた。

「奥様、和食の塩分は案外高いです。白だし大さじ一杯に含まれる塩分量は一・七グラム、ポン酢大さじ一杯に含まれる塩分量は一・四グラムとかなりの量が含まれています。野菜のおかずは一、二品にとどめることでご飯の量を減らし、総摂取量を抑えることができます」

「いやだ！　味が薄い食事なんて食べた気がしない」

高杉は立ち上がり、妻がとっていたメモをひったくってゴミ箱に投げ入れた。家族は揃って、また癇癪が始まった、と白けた顔をした。お腹の子に障ると思ったのか、若夫婦はそそくさと居間をあとにしようとした。

「好きなもんを我慢して生きるくらいなら、おれは好きなものを食べて死ぬ！」

「そうはいきません！」

ダイナは声を上げる高杉よりもずっと大きな声で対抗した。

「塩分過多による高血圧、それに伴う動脈硬化は本人に自覚がないまま進行し、心臓や脳で重大な合併症が起こってから初めて気づく、怖い病気ですよ！　沈黙の暗殺者が目の前に現れてから後悔したんじゃ遅いんです。私には、あなたを沈黙の暗殺者から守り抜く義務があります！」

手に胸を当てて高らかに宣言するダイナを、高杉家の人々は口をぽかんと開けて見ていた。

「私は減塩で人類を幸せにする」ダイナは蛍光灯の下で使命に燃えた。

「成績を上げたいだけだろう」

敦夫は額に青筋をこさえ、唇をわなわなと震わせて言った。

「綺麗ごと言って、自分の営業成績のために客にハッパかけてるだけだろう。お前ら援護隊のやつらは、担当客の血圧が下がれば認められる。健康、健康と脅される人生なんぞ、こっちはちっとも幸せじゃねぇんだよ。帰ってくれ」

ごめんなさいね、外の人に対して気難しい人で——高杉の妻は申し訳なさそうに、玄関先でダイナを見送った。

ダイナは本部のオフィスで、ＰＣを開いたままぼうっとしていた。意味もなく、メールボックスの更新ボタンを連打する。

「初の外回りはどうだ。俺は担当市民のヒアリングが早く終わったもんだから、早速五人も新規登録市民を開拓したぜ」

ライトが隣の席に腰を下ろし、聞いてもいない俺通信を始めた。

「やっぱり、市民のツテで営業範囲を広げていくのがいいな。友達の紹介なら、警戒も少ない。しかしそうすると女性ばかりになるのが難点だな。男性は仕事をリタイアすると交友関係もずっと狭まる」

ライトはミネラルウォーターで一服した。ダイナがまるで耳を傾けていないことにやっと気づいて、少しだけ反省したような顔をした。

「どうかしたのか。元気がないな。腹でも壊したか。わかった、賞味期限切れの納豆でも食ったんだろう。いくら『病は気から』と言ってもさすがにな。納豆は元々腐っているから食べられるとでも思っているんだろうが、あれは腐っているんじゃなくて発酵しているのであってその線引きは人間に害があるかどうかで……」

また誰も聞いていないうんちくを披露し始めたものだから、塩美が「デリカシーのない男ね」とライトの鼻先まで飛んでいった。

「初めての外回りが大失敗に終わったんだから、落ち込んで当然でしょう！」

塩美の言葉が、萎んでいたダイナの心にとどめを刺した。


家に戻っても、高杉のことが頭から離れない。まさか、健康を促してああも拒絶されることがあるとは考えたこともなかった。

何がいけなかったのだろう。和食は塩分が高いと指摘したことか？　病気を警戒しろと指導したことか？　あなたを幸せにする、と闘志を漲らせたことか？　高杉は何に、あれほど怒っていたのだろう。健康が幸せでないとは、どういうことだろう。

「ダイナ、ごめんってば。さっきのは言葉のあやというか」

ベッドに腰かけ項垂れていると、塩美が頭の周りを煩く飛び回った。こういうとき、一人の時間に浸れないというのはルームシェアの痛いところだ。

「そうだご飯。ご飯食べようよ。ね」

今から夕飯の支度をするなど面倒この上なかったが、塩美に髪を引っ張られ抵抗するのもまた面倒でダイナはキッチンに立った。

冷凍庫には、あらゆる種類の冷凍食品が詰め込まれていた。調査用に経費で買った残りを押し付けられたものだ。この手のものは一切食べたことがないが湯気の立つ唐揚げの宣材写真を見ていると、不思議と食欲が湧いてきた。元気はなくとも、生きていれば腹は減るのだ。

「今日はガツンといこうよ」塩美がダイナの頭の上で誘惑した。

「今日の朝はパン、昼はそばだから……塩分量は全部で〇・四グラム。A社の唐揚げは塩分量が一番多いけど……まぁいいか」

「あら、ひじきもあるじゃない」

「唐揚げ、ご飯、サウザンドレッシングをかけたサラダ、ひじき煮。二・九グラム、〇グラム、〇・九グラム、〇・四グラム……全部で四・二グラム。一日の総塩分量四・六グラム」

唐揚げと分けておいた冷凍飯をレンジで温めている間に、計量スプーンでドレッシングを擦り切り一杯量り取った。ひじき煮はきっちり五〇グラムごとに小鉢風のタッパーにわけてある。ライトが作りすぎたと言って分けてくれた、作り置きのおかずだ。当然、含有塩分量が記されている。まめな男なのだ。

　全てをテーブルカウンターに並べて、麦茶をコップに注ぐと、それなりの食卓になった。

「いただきます」とほくほくのご飯とジューシーな唐揚げを一緒に頬張り、口のなかに広がる風味にきゅーっと目を瞑った。

「この安さでこの美味さ、五分とかからず調理は完了。そして何より塩分控えめ……費用対効果、最高。油っぽい唐揚げのあとは、さっぱりしたひじき煮。不足しがちな栄養素を補い、海藻に含まれるカリウムの力で塩分排出……」

　ダイナは興奮して唐揚げを噛み締め、サラダやひじき煮にも手を伸ばした。ひじきを食べているとから揚げが食べたくなって、から揚げを食べていると米を頬張りたくなる。食べている間は、悩みもすっかり忘れていた。

「たまには誘惑に負けてみるのも、悪くないでしょ」

　塩美はひじきをひとつ摘まんで、口に含んだ。「食事はただの身体の栄養補給じゃないのよ。心にも栄養補給しなきゃね」

　ダイナは満腹になって暫く食事の余韻に浸っていた。

身体の細胞が生まれ変わる周期は三ヶ月だという。今日のから揚げとひじきは体内で分解され、再びエネルギーとなって生成され、三ヶ月後にはこの身体の血肉となるのだ。この身体は、三ヶ月前に食べた米と肉でできているのだ。そうだ。食事とはすなわち生きることだ——。

「お風呂沸かしたわよ、入ろう」

「お風呂?」ダイナは皿を洗う手を止めた。日頃入浴はシャワーで済ませていて、湯を沸かすという習慣がなかった。

塩美はほら、といってバスタオルをダイナの頭の上に落とした。柔軟剤を入れ忘れた日のタオルと違い、肌触りがよくフローラルな香りがした。

熱い湯船に肩まで浸ると、身体はゆっくりと絆されていった。初の一人任務。自分で思っているよりもずっと気が張っていたらしい。風呂に浸かるという行為は身体を綺麗にするだけでないリラクゼーションの効果があるのかもしれない。海外では風呂に浸かる文化はないと聞くが信じがたい話だ。きっとこれは日本人がいにしえの時代から引き継いだ疲労回復術、否、DNAに組み込まれた特殊能力に違いない。四角い湯船のなかで膝を抱えながら、いつか、足を伸ばして入れる湯船のある家に住んでみたい。そう思った。

「どうして、高杉さんは塩活援護を拒むんだろう」

狭い湯船のなかで、天井を見上げた。溜まった水蒸気が重みでぽたりと落ちてくる。

「あれはオッサンなのよ。オッサンという人種はね、凝り固まった価値観や生活スタイルを、若造に言われてはいそうですかと変えられるものじゃないのよ。ああいう相手は、外堀から埋めるのがいいわ」

塩美は湯船に浮かせた桶の中を小さい湯船にしてくつろいでいた。

「外堀？」

「家族よ。結局ライフラインを握っているのは奥さんの方なんだから、先にあっちから営業をかけるべきなのよ。申し込みも、娘夫婦の方でしょ？　あの家で、敦夫には権力はないとみたわ」

研修ではそのような家庭内政治を鑑みる教育を受けていないし、実地研修でも経験しなかった。現場では、予想も出来ないことばかり起こる。顧客の気持ちも摑めない。沈黙の暗殺者を倒していけば一流の塩活援護隊員になれるというわけではないのだ。

「難しいな……」

「湯船にはいるときは髪を括りなさいよ。本当に、よく塩活援護隊に入隊できたわね」

塩美に追い打ちをかけられダイナはやるせない気持ちになった。向いてないのかな、とのろのろした動きで長い髪をタオルにくるみ、頭の上に乗せた。

するとと風呂の外から、パンと小さな破裂音が聞こえた。不審に思って窓を開けて外を覗くと、Ｔシャツを着たかかしに向かってライトが小型のライフルを構えていた。光線銃練習用のＢＢ弾ライフルだ。ダイナがなにしてるの、と声をかけると、ライトはぎくりと肩を震わせた。ＢＢ弾はかかしの遥か上空を通って植木のほうへ飛んでゆく。

「お前っここでなにしてるんだ」

「ここはうちの風呂だよ」

「ばか、立ち上がるやつがあるか」ライトは勢いよく背を向けて、早く閉めろと怒鳴った。闇夜に浮かぶ小さな蛍光灯の明かりでもわかるくらいに、ライトの背中は汗でびっしょり濡れていた。

ダイナは窓を閉めて風呂に浸かりなおし、湯船に潜った。同期で一番優秀なライトでさえ、こうやって夜な夜なトレーニングに励んでいるのだ。立ち止まってはいられない。

「闇雲に走っていれば見えてくるものもあるわよ。若いうちはね」

塩美は桶のなかで先輩風を吹かせた。

「あんたはどうして、塩活援護隊にはいったのよ」

「一流の塩活援護隊員になって、アスアさんみたいな最強の指揮官になりたい」

「どうして」

どうして。

ダイナは鼻まで湯船に浸かって、高杉のことを考えた。塩活はしないと、怯えた獣のように震えていた高杉。自分の残り少ない寿命の価値と、それに支払う対価としての健康努力を天秤にかけて、高杉は震えていた。いや、天秤にかけることを尻込みしているのだ。釣り合わないかもしれない。頑張って自制して、すぐに死んだら馬鹿みたいじゃないか——高杉は多分、じいちゃんと同じだ。じいちゃんの命は、救えたはずの命だ。食事に気をつけて、しっかり運動して、ちゃんと塩活できていれば、助かったはずの命だ。高杉はこのままではじいちゃんと同じ道を辿ることになる。それだけは、是が非でも防がなければならない。どうして塩活援護隊にはいったかなんて。答えは決まってる。

ぶくぶくと鼻から息をだすと、身体に滞っていた毒素が抜けてゆく。肺が痛くなるまで吐き出して、ゆっくりと顔をあげた。

「市民の輝く明日を護る。私が高杉さんを護らなきゃ。教えて。塩活のこと。塩活の極意」

「塩美先輩と呼びなさい。あたしは厳しいわよ」塩美は桶の縁に肘をかけて、不敵に口の端を吊り上げた。

翌日、高杉は夕方十八時に散歩から帰ってきた。

「なんでお前がうちにいるんだ！」

自宅の食卓についているダイナを見て、高杉は仰天した。

「敦夫さん、お帰りなさい。味噌汁が冷めてしまいますよ」

「俺は塩活なんぞしない。昨日突き返したはずだぞ」

「契約は一ヶ月更新です。今月はまだ三週間もあります。対価をいただいている分は義務としてきっちり通わせてもらいます」

ダイナは「いただきます」と両手を合わせた。高杉は忌々しそうに舌打ちをして、席につく。

――まずは塩活ステップ一、ステルス減塩よ。

ダイナは高杉家の夕食の準備の時間には、既に家に上がりこんでいた。妻・啓代の夕食の支度に口を出すためだ。今日は鯖の味噌煮に肉じゃが、昨日の残り物のおでんが食卓に並ぶ。当然、米と味噌汁も用意される予定だ。

「あの人に合わせて塩分を減らすと、他の人にとっては薄味になってしまうのが悩みなのよ。せっかくうちに来てくれている娘の旦那さんに、ご飯が美味しくないなんて言われたら嫌でしょう。それに今までの味を変えたらあの人はすぐに文句を言うわ」

啓代は少し愚痴っぽく話した。

「敦夫さんは、自分で自分の食事を用意されることはないのですか」

「ないわよぉ。醤油の場所も、米の研ぎ方も知らないわ。私が先に死んだらどうするつもりなのかしらね」

「もう仕事はリタイアなさっているんですから、交代でやられたらいかがですか」

「嫌よぉ。どうせ片付けもできないし、台所を荒らされるくらいだったら自分でやるわ」

啓代が今晩の食材を台所に並べた。

「いい？　ステップ一では、段階的に食品中の塩分の量を減らしていくの。当事者にわからないくらい少しずつ、ね」

塩美は味噌パックの上から、指揮を執った。

「なるほど……啓代さん、これを」

ダイナは胸のホルダーからスプーンを抜き取り、啓代に手渡した。柄にメモリがついている。

「記憶形状型計量スプーンです。普通の醤油でも減塩醤油でも、含まれている塩分を都度計測してくれます。調味料を使うときは必ずこのスプーンで計量してください」

「随分と細かいのねぇ」

「摂取可能量は五グラムです。それ以上摂れば、沈黙の暗殺者と呼ばれる病魔が発生してしまいます。あなたのようにしっかり者できっちりと家事をこなせる人にしか、敦夫さんを救えません」

啓代は仕方がないわね、とまんざらでもない顔をして調理を始めた。ダイナも腕まくりをして夕飯の支度を手伝った。

高杉は肉じゃがを平らげて、爪楊枝を所望した。くだらないテレビ番組を見ながら、あははくだらないと笑った。どうやら、夕飯の塩分を減らしたことには気づいていないようだ。まずは塩活ステップ一、成功だ。明日から徐々に推奨摂取量まで減らしてゆけばよい。

今日は、高杉本人には指導を施さないと心に決めていた。食事の間中ずっと高杉の周囲に目を光らせていたが、沈黙の暗殺者も現れる気配はない。

「嫌だわあなた。援護隊の方がいらしているときくらい、嘘でも我慢しなさいよ」

啓代の声に、ダイナは眼光を鋭く台所に目を走らせた。高杉はいつの間にか、酒を入れた徳利《とっくり》をコンロで温めている。ダイナは思わずテーブルに手をつき立ち上がった。

「つまみに塩辛いものを食べないようにしてください」

しまった、せっかくここまで気をつけていたというのに、つい……。ところが高杉は黄色い歯を見せて笑った。

「あんたいけるクチか」

ダイナは、ほとんど酒を飲んだ試しがなかった。しかし耳元で、やめときなさいよ、と囁かれるとかえって挑戦したくなるのが人の性というものだ。

「塩活塩活って言われたってなぁ、こちとら長いこと生きてんだ。慣れ親しんだ味を今更変えるなんざ、願い下げなんだよ」

高杉はあっという間にできあがった。と言っても声がでかくなったくらいで、飲む前の横柄な態度とさほど変わらない。徳利を一本、ほとんど一人で飲み干して、つまみの枝豆に手を伸ばす。ダイナは味がわからないくらいちょびちょびと嗜み、高杉に付き合った。塩美は茶碗に寄りかかって、枝豆を房のなかから取り出すのに忙しかった。

「それは病気になるリスクを知ったうえで、なんですか？」

たいして飲んでもいないのに、ダイナの体は温まっていた。相手の気に障るようなことは言わないようにと心掛けていたのに本音が出た。酒のせいだ。憤慨するかと身構えたが、高杉は部屋の奥を見るだけで、存外におとなしかった。

「そうなったら、そうなっただ」

「あのねぇ、あんたら老人がみんな病気になって重篤化したら医療費はこの子らの税金で賄うことになるのよ。そうなる前に、未病治でどうにか健康寿命を延ばそうってのが彼らの仕事でしょ。大人しく協力しなさいよ」

ダイナはしっと口に指を充て、塩美を黙らせた。塩美は不貞腐れて、枝豆を取り出す作業に戻った。

「おれは前から言ってんだがな、食品会社が、塩分の入っていない美味しい食べ物を作ってくれたらいいんだよ。好きなものを好きなだけ食べて健康になれる。それでいいじゃねぇか。誰かにやいのやいの言われるのはごめんだ」

高杉は手元のおちょこを見つめていた。

不健康になりたい人間などいない。頑張れば病気は回避できる。しかしやれと言われてできるなら、ここまで追い詰められてはいない。嗚呼、楽して健康になりたい――。

「おれは、早く死にたい」

ダイナははっとした。高杉の言葉は、少し震えていた。

「これからどんどん年取って、足腰の立たない薬漬けの毎日がやってくると思うと、怖いんだ。介護費も馬鹿にならん。呆け爺の世話がどんなに大変か、そんなのわかってる。そんな風になったら家族にも迷惑だ。誰も何も言わないけどみんながみんな〝早く死んでくれ〟と思っている人生なんて、生き地獄じゃねえか。幸せなうちに死にたい」

「あなたは何もわかってない」

ダイナは無意識に立ち上がっていた。自分でも、呂律が回っていないのがわかった。

高杉の白い眉が顔の中央に寄る。台所に立っていた啓代が、何事かと顔を出した。

「残された人間がどんな気持ちになるか、全然わかってない」

ダイナはおちょこに残った日本酒をぐいと飲み干した。

高杉の家から塩活援護隊の独身寮までは歩いて三十分ほどは離れている。もう最終バスもない時間で、でもタクシーを使うのももったいないような気がして、ダイナは足をもつれさせながら大通りを歩いた。

都会の空は狭い。ビルとビルの間に横たわる空間には、本来あるはずの無数に輝く星がまるで見えない。都会で働く勤め人には立ち止まって空を見上げる時間もないのだから、大きな需要もないのかもしれない。ダイナは時々こうやって、田舎の自分の部屋から見えていた満天の星を懐かしんでは、ここは星の光も届かない戦場なのだと思い知らされる。

上を向いて歩いていたら空き缶に躓き、よろけて電柱に頭をぶつけた。

「もう、危ないわね。しっかりしなさいよ。どうして弱いのに断らないのよ。随分強いお酒だったじゃない」

瞼が重いので前が見えなくて、顎を上げて妖精を見た。

「うるさいな、この、チビ」

「この、酔っ払い。酒の勢いに任せてあんなこと言って。塩活援護隊なら、市民の気持ちに寄り添うのが仕事でしょう。反省しなさい」

「だってまるで一人で生きてるみたいな言い方してさ。高杉さんは自分が死んだら、家族がどんな想いをするのかちっともわかってないよ。残された人は皆、あの時こうしていれば、この時ああしていればってずっと後悔することになるのにさ」

社務所の縁側で冷たくなってゆく祖父の手の感触を思い出していた。朝の分の薬を飲んだのか確認しなかったことを、日頃の酒盛りを注意しなかったことを、焦って最後になにも伝えられなかったことを未だに後悔している。願っても願ってもあの日には戻れない。感傷的になっているのは決して、酒のせいじゃない。

「だから、全部護ってやる。この手の届く範囲の人は、全部」

「とんだ正義の味方ね。あたしはそんなこと、口が裂けたって言えないわ」

塩美は珍しく悲痛な響きを込めて言った。どこか投げやりで、吐き捨てるような言い方だった。どうせ明日には覚えてないだろうというように。

「あんたはヒーローなのよ。そういう仕事なの。だからとことん付き合ってあげなきゃだめよ。お姫様ってのは、往々にしてわがままなものなのよ」

「高杉さんがお姫様」

高杉の白髪の上に煌びやかなティアラを乗せてみて、ダイナは可笑しくなってきた。うひひ……とひとしきり笑って、滲みでてきた涙を拭いた。塩美も同じイマジナリーを得たようで、空中で腹を抱えていた。

「私が指揮官になったら、メンターの塩美も一緒に出世するのかな」

酒の助けで気持ちが大きくなっていて、大声でそんなことを言った。

「その頃にはもう、メンターじゃおかしいでしょう。そうね、相棒ってところかしら。指揮官の相棒よ」

「そうしたらそのときには塩美も、正義の味方だよ。指揮官の相棒なら、そうでしょう」

「一体何年先になるのかしらね」塩美は鼻に皺を寄せて笑った。


二日酔いだ。

日本酒の香りがいつまでも鼻から抜けない。油断すれば昨夜の煮物を戻しそうで、体幹の筋肉を引き締めて歩かなければならなかった。なぜだが額にたんこぶができていて、ずきずきと痛む。

「明日が辛くなるから、寝る前に水を飲みなさいって言ったわよね」

肩で騒ぐ塩美の声がいつも以上に頭に響く。返事もしないでいると、ちゃんとお礼を言いなさいよ、と耳を引っ張られた。

ダイナは昨晩、寮の入口まで自力で辿り着いたはいいものの、エレベーター前のエントランスにあがる階段のところであえなく力尽きた。仕方なく塩美が一〇四号室まで飛んでいってライトを呼びつけ、部屋まで運ばせたという。まるで覚えていないから質が悪い。部屋のテーブルの上には水が満タンに入ったペットボトルと、綺麗に畳まれたジャケットが置かれ、社用通信機はしっかり充電器に繋がれていた。意識のあるときよりも無意識のときの方がむしろ丁寧な生活をしている。いや、ライトが整えてくれたのだろうか。そうに違いない。枕元で塩美とライトがなにやら話していたような記憶があるが、朧げだ。やれやれ酒の力というのは恐ろしい。

リュックに入っていた買った記憶のない「一本でしじみ百個分のちから」という味噌汁缶を飲み干すと、やっといくらか気分は冴えた。

「お前、あんまり酒飲むなよ。監視する立場だってことを忘れるな」

ライトはすこぶる機嫌が悪いようで、目も合わせてくれなかった。普段は雨あられのごとく小言を浴びせてくるというのに、今日はあっさりしたものだ。酔っ払っている間に沈黙の暗殺者が現れて市民が襲われでもしたら……などとがみがみ叱られると思っていたのに、こうなると妙に寂しい。酒は飲んでも飲まれるな……ダイナは深く胸に刻んだ。

そのとき居室の窓際のブースに、アスアが入っていくのが見えた。続いて、スーツ姿の男が通される。

「なんであの人が塩活援護隊のオフィスに……」

「誰?」

ダイナは男の姿を目で追った。どこかで見たような覚えがある。

「技術開発局のところの課長だ。うちの指揮官とは同期らしいぞ」

「技術開発局ってなに」

「お前な……この対暗殺者用光線銃も、塩分可視化装置も、回収装置も、全部技術開発局の発明だぞ。塩活に必要な技術を研究し実用レベルに落とし込む仕事をしている人たちだ」

健康防衛省にはアスリートに栄養指導する部署や高齢者の運動をサポートする部署などが存在し、健康防衛に従事する業種は多岐にわたる。もっとも就職時、ダイナの頭にあったのは花形部署の塩活援護隊に入隊することだけであったが。

ライトがお茶をいれるよう指示されたのをいいことに、ダイナもブースの入口まで付いていき扉を開けたままにして聞き耳を立てた。

「見てダイナ。あいつの肩」

塩美に髪を引っ張られ、ダイナは男を見た。肩に腰かけていたのは、ピンク頭の栄養の精だ。

「あれは、塩美の後輩の、砂糖の精……どういうこと？　あの子も転職したの」

「蜜子に限って、転職なんてするはずないわ。あの子は部長のお気に入りなんだから。どうして人間の男と一緒にいるのかしら」


「やぁアスア。首尾はどうですか」

白蕨《しろわらび》トオルは顔に垂れる長髪を耳にかけ、アスアに慇懃に笑いかけた。

「貴様に報告する義理はない」

アスアは虫でも見るような目つきでトオルを睨みつけた。ダイナは物陰からその様子を観察して、アスアに嫌われる人生なんて……とトオルを憐れんだ。

「食品会社との共同研究は進んでいるのか。美味しい減塩弁当の開発だったか」とアスアは客用のソファに腰かけ足を組んだ。

「いいや、美味しい減塩食品の開発は難航していますよ。全体塩分量を三グラムに抑えたデリバリー弁当の売上が伸びなくてね。アンケート調査によれば、購入した消費者の満足度は高い。しかし生産能力や出荷能力に限界があって、彼らは減塩商品の市場拡大を望んではいないのです。製造原価が高く、収益性が悪いのですよ」

「開発の方は？　新商品の開発のために代替塩味料を探していると言っていたな」

代替塩味料。塩に変わる調味料のことだ、とライトが傍で囁いた。

「代替塩味料に関する研究も打ち切られました。予算が下りなくてね。上は金になる木を探していますから。それで今は完全栄養食の開発を手がけているんですよ」

「完全栄養食!?」

口を塞いだときにはもう遅い。ダイナ、とアスアの咎める声に促され、ダイナは苦笑いを浮かべて扉を開けた。

「完全栄養食を知りませんか」

雰囲気を取り成すように、トオルがダイナに声をかけてくれた。「初めて聞きました」と白状して、ダイナは図々しくもブースのなかに身体を滑り込ませた。

「勉強不足にもほどがあるぞ、ダイナ。人が健康を維持するために必要な栄養素を全て含んだ食品のことですよね」ライトも何食わぬ顔でブースに侵入した。

その通り、と言ってトオルは紙袋からタッパーを取り出す。トオルがタッパーの蓋を開けると、あらゆる姿かたちをした栄養の精が一斉に飛び出してきた。

反射的に身構えたダイナとライトに、トオルは優しく笑いかけた。

「大丈夫ですよ。人を健康にすることを生業としている栄養の精ですから。悪さはしません。あれはたんぱく質、こっちは亜鉛、カルシウム、カリウム、クロム、セレン、鉄、銅、n―3系脂肪酸、マグネシウム、マンガン、モリブデン……さぁ、どうぞ召し上がってください」

トオルが差し出したタッパーのなかには、茶色の外皮に、生地は黄色とチョコレート色のマーブル模様のパンのようなものがはいっていた。

アスアは見向きもしないし、ライトは上司と他部署の上司に挟まれてどのような反応を見せるべきか迷っていた。ダイナは小腹が空いていたせいもあって、よく考えもせずに手を伸ばした。

パンのような物体は、やっぱりパンだった。水分が少なくもっさりしていて、甘くもなければ、塩味もない。口に含んで嚙んでいれば、生理的に喉に流れてゆく。無論美味しくはないが、まずいというほど、味がするわけでもない。

どうですか、と問われダイナはうぅん、と渋い顔をした。特筆すべき感想がでてこない。まぁあったら食べるし、なくても困りはしない。確実に言えるのは、わざわざコンビニやスーパーでこれを選ぶことはないということだ。返答に困って歯の裏についたパンを舌で剝がした。

「人々は毎日忙しくて疲れている。しっかり栄養を摂りたいと思っても時間がない。

誰かが管理してくれれば、楽だと思いませんか。それが、僕の唱える管理栄養思想。僕は食で人を幸せにしたいんだ」

「管理栄養……」

「お前は幸せをはき違えている」

アスアは先程以上に冷めた目つきで、ぴしゃりと言い放った。

「君はいつまで塩活援護だなんて、前時代的な慈善活動にこだわっているつもりですか」

ダイナは驚いてトオルの青白い顔面を仰いだ。カリスマ指揮官に煽るような態度をとるトオルを、身のすくむような気持ちで見つめた。

もとより馬の合わない間柄なのか、アスアの方も受けて立つというように勢いよく立ち上がり、トオルのネクタイを無理矢理引っ張って顔を寄せた。

「そっちこそこんなまがい物を作って、何を企んでいる」

「僕が目指すのは徹底した管理栄養社会です」

トオルは踵の高いブーツを履いたアスアよりもさらに背が高く、ネクタイを引っ張られたまま顎を突き出してアスアを見下ろしていた。

「ウェアラブルな装置……たとえばその通信機のように、腕時計のようなものを身につけ、その人がどこで何を食べたかの情報を瞬時に収集し、足りていない栄養を計算、必要分を自動的に伝える。必要によりその人にあった完全栄養食を届ける」

「ずっと、機械で管理するんですか？」とダイナが口を挟んだ。

「ええ、二十四時間ずっと、見守り続けます。技術はすでに開発済です。あとは被験者を募り、装置を使えば本当に健康になるというエビデンスを確保するだけです。既に何人かには、声をかけています」

「そんなものに頼っていたら、人々の食に対するリテラシーは下がる一方だ。自分で健康のことを理解し、能動的に健康な食生活を送れるよう促すべきだ」

「忙しい現代人に、そこに割く時間はないと言っているんですよ。人々はもっと生産的で創造性のあることに時間を使いたいはずです。食べる時間、料理の時間、家事の時間を極力減らすことが、顧客の求めるニーズですよ」

「違う。食べることは生きることだ。それだけは人として、決して失ってはいけない意志だ」

　アスアは険しい表情を崩さない。

「ビジネスっていうのは、理想を語るものではありません。顧客の課題解決が求められているのです」

「塩活援護はビジネスではない。社会問題の解決だ」

「ではビジネスに口を出さないでくれますか。塩活なんて温いものでは、人の命は救えない」

「……変わったな。トオル」

アスアの掠れた声に、ダイナはどきりとした。荒々しかった部屋の空気が急に湿り気を帯びたものに変わった。

「君はなにも変わりませんね。何もかも変わらない。若い……あの頃のままだ」

トオルの目には、若き日のアスアの姿が映し出されているのだろうか。二人の間には、二人にしか見えない景色が共有されているように感じた。疎外感に我慢ならなくなってダイナが口を開こうとすると、アスアは自分でつくりだした湿っぽい雰囲気をぶち壊すように「もう帰れ」とトオルを追い立てた。

「君がなんと言おうとも、管理栄養システムの導入は上の意向です。あまり頑なだと、痛い目にあいますよ」

トオルは髪をなびかせブースを出て行った。

「ちょっと。挨拶もなしとはどういうことよ」

塩美がトオル……ではなくその肩に乗っている蜜子を呼び止めた。いかにも、同じ部活の怖い先輩といった呼び止め方だ。

「塩美先輩こそ。挨拶もなしに退職されるものだから驚きましたよぅ。寿退社じゃ……なさそうですねぇ。異業種転職だなんて、意外。思い切りがよすぎですぅ」

蜜子はブースに残り、くすくす笑ってピンク色のおさげをいじった。

「あの男、一体なんなのよ」

「兼ねてからうちと取り引きのあった技術者ですよぅ。塩美先輩がいなくなってから、私も主任に昇進しましてね。いろいろと事業を進めているんですぅ。あの完全栄養食も、うちが人材と投資金を提供したんですよぅ」

「ヒューマンバスターズが、どうして健康防衛省と提携できるのよ。目指すビジョンがまるで逆じゃないの」

塩美がキーキー声で言うと、蜜子はうふふと笑った。

「これだからオールドタイプは困りますぅ。あらゆる可能性を探っていくのが、新しい時代の経営なんですよぅ」

「どういうことよ」

「健康防衛省は、無限に湧いてでる塩の駆除、砂糖の駆除に予算を使うことに疑問を抱き始めたんですよぅ。今時のトレンドは、自分が食べるものを機械に管理してもらう、管理栄養化です。その技術提供は、ヒューマンバスターズ㈱からの出資。つまり、私たち栄養の精が人間の栄養を管理するんですよぅ」

蜜子はまたうふふと口に手をあてた。

深く追及する前に、「全員、仕事に戻れ」とアスアに追い立てられ、ダイナとライトはブースを出た。蜜子は開いていた窓から外へ飛び出し、「それじゃあさようなら、塩美先輩と愉快な仲間たち」と塩活援護隊本部をあとにした。

「相変わらず可愛くない後輩だわ。とにかく、人間の方からヒューマンバスターズを受け入れるなんてどうかしてるわよ。管理栄養化って、一体なんなのよ。そんなに凄い技術なの？」

塩美はダイナの肩の上で、憤懣やるかたないといった様子で腕を組んだ。

「まぁいいわ。上のことは上の人に任せましょ。これはアスア指揮官の仕事よ。それにしたって穏やかじゃない雰囲気だったわね。あの二人、きっと昔なにかあったに違いないわ」

塩美は今度はにんまりして、ゴシップを嗅ぎつけたパパラッチのように面白がっていた。

「そうだね。きっとライバルだったんだよ」

そして、出世レースを勝ち抜いたアスアが指揮官の座を勝ち取った……ダイナの心には、隊のポリシーを貫いたカリスマリーダーをより一層敬う気持ちが芽生えていた。

「なによもう、カマトトぶって。つまらない女ね」と塩美は鼻を鳴らした。

「二人は同期で、互いを認めあう好敵手だった。ライトもそう思うでしょ？　私たちもいつかあんな風に……」

振り返ると、ライトは完全栄養食の入ったタッパーを持ったまま、ドアのところで立ち止まっていた。

「ライト？」

なにやら神妙な面持ちのライトに、ダイナと塩美は顔を見合わせた。


午後の仕事がひと段落して、ダイナは庁舎のトレーニングルームへ向かった。

庁舎の職員食堂と同じ建物の地下にあり、民営のトレーニングジムよりも大きな施設で、職員であればいつでも使っていいことになっている。使用名簿を見ると大体毎日戦闘部隊の隊員たちが仕事後に一、二時間活用しているようだが、計画通り綿密に筋肉を育てていくような性分でもないダイナは、時々汗を流したい日の帰りに短時間利用するのみだ。バーベルを持ち上げ踏ん張る顔を職場の人間に晒すなど御免被るという思いもある。

ダイナはランニングマシンに乗って、三角形の矢印を押して速度を上げた。部屋の中で走るなんて、回し車を回すハムスターみたい……と思っていたけど使ってみれば案外悪くない。街のなかで走るのと違って赤信号に止められたり、後ろからくる自転車に気を取られなくてすむのだ。何も考えずに走るのは気持ちいい。何も考えずに黙々と走って汗を押し出すと、身体が生まれ変わる感じがする。少し息が上がって、筋肉がいい塩梅で気怠くなるくらいがちょうどいい。「色気のない趣味だわ」と塩美は言うけど、ダイナは聞こえないふりをして走った。

背中にじんわり汗をかき始めたころ、通信機から軽快な着信音が鳴り、ダイナは慌ててランニングマシンを止めた。表示を見ると吉村――ダイナの担当市民からだった。市民ナンバー四四八二。吉村京子さん、七十二歳。夫に先立たれ一人暮らし。ステージ二の顧客。血圧異常。腎炎症予備軍……沈黙の暗殺者の出現歴はなし……市民データが通信機の小さな画面に表示された。

ダイナは軽く息を整えてから、通話ボタンに触れた。

「はい。こちら塩活援護隊ダイナ」

「ダイナちゃん。吉村です。お仕事中にごめんなさいね。少しお時間よろしいかしら」

吉村はダイナが研修中から担当している古参の市民だ。普段の物腰の柔らかい話し方と違う通話越しの声に、ダイナは身構えた。

「ええ、大丈夫です。なにかありましたか。次の訪問は来週でしたけど……」

「実は塩活を辞めようと思っているのよ」

思わず息を飲む。

「で、でも。せっかく血圧も正常になってきているのに。いま辞めてしまっては今までの努力が水の泡です。このまま放っておけば沈黙の暗殺者が現れるのも時間の問題です。もう少し頑張りませんか」

「ダイナちゃんにはお世話になったし、塩活援護隊の皆さんも私のことを考えていただいて心苦しい限りだけども……どうしても辞めなければならないの。ごめんなさいね」

何を言うべきか迷って、黙り込んだ。健康になる努力を辞める理由なんてあるのだろうか。

「私になにか、至らないことがありましたか」

「違うのよ。ダイナちゃんはなにも悪くないの。ただもう少し、私に合った方法があるように思うのよ」

ダイナは押し黙った。ふいに学生時代を思い出す。あのときにもこんなふうに、空手部を辞めると申し出た仲間がいた。ダイナはその時も、去ろうとする仲間に何も言うことができなかった。相手との間に見えない壁がうまれたように思えて、ダイナの勇気を萎ませるのだ。

「じゃあそういうことだから、退会届を送らせてもらうわね。ダイナちゃんもがんばってね」

「吉村さん、待って」

通話は切れ、ダイナは呆然と立ち尽くした。「自分に合った方法って……？」

「俺の担当市民もここ数週間で脱退の申し出をしてきた人が二人もいた。吉村さんと同じような理由だ」

ぎょっとして横を見ると、ライトが隣のランニングマシンでウォーキングをしていた。

「いつからそこにいたの？」

「お前が来る前からいた」

「気づいてなかったの？　ほら、走ったあとは水と塩分を摂りなさい」

塩美が抱えて持ってきたスポーツ飲料を、ダイナは一気に飲み干した。

「吉村さんの言う、自分に合ったやり方って一体なんなの？」

手の甲で口を拭いながら言うと、ライトがなにか差し出した。

「ダイナも覚えてるだろ、このハガキ」

ライトが突き出したハガキには、管理栄養装置のモニター募集。〈～あなたの健康、見守ります～〉と書いてある。小さい募集要項には、幸せな食党会員様限定。とある。

「幸せな食党？」あまりの胡散臭さにダイナは鼻に皺を寄せた。

「吉村さんの家に来ていたハガキだ。息子さんがはまってるって言っていただろ。三十近くなるとな、変な知恵がついて陰謀論に耳を傾けるやつが増えるんだ。それより問題はそこじゃない。見ろ」

ライトがハガキを裏返すと、協賛に白蕨トオル個人の名前が記されていた。

「どういうこと？」

「幸せな食党とやらにトオルさんが出資して、塩活援護隊のシマを荒らし始めたってことだろ。こっからは市民の奪い合い。白蕨トオルと黒椿アスアの抗争だ。大人の喧嘩はえげつないぜ」

ハガキには管理栄養装置に関する説明会と懇親会についての詳細が記されている。日時は明日の午後。場所は代々木大谷記念館。

「どうするつもりだ」

ランニングマシンから降り、ジムをでていこうとするダイナの背中に、ライトが呼びかけた。ダイナは持っていたペットボトルを握りつぶした。

「説明会に潜入する」

「待てよ。お前が潜入なんてタマか。我慢できなくなって暴れて塩活援護隊に迷惑がかかるだけだ」

「だけど私の担当市民を助けなきゃ」縋るように言うと、ライトはため息交じりにランニングマシンから降りてきた。

「ひとりで行くなって、いつも言ってるだろ」

ダイナはホームから一番近い階段を一気に駆け上り、息を切らして改札をでた。商業施設に囲まれた駅の入口の壁際で、ライトは待っていた。

「『着いた』って連絡来てから、三分も待ったぞ」

「電車は駅に着いたんだよ。そこからホームに滑り込むのに時間がかかって、降りる

料金受取人払郵便

新宿局承認

2523

差出有効期間
2025年3月
31日まで
（切手不要）

郵便はがき

160-8791

141

東京都新宿区新宿1－10－1

（株）文芸社

愛読者カード係 行

ふりがな お名前		明治 大正 昭和 平成 年生 歳	
ふりがな ご住所	□□□-□□□□	性別 男・女	
お電話 番号	（書籍ご注文の際に必要です）	ご職業	
E-mail			
ご購読雑誌（複数可）		ご購読新聞 新聞	

最近読んでおもしろかった本や今後、とりあげてほしいテーマをお教えください。

ご自分の研究成果や経験、お考え等を出版してみたいというお気持ちはありますか。

ある　ない　内容・テーマ（　）

現在完成した作品をお持ちですか。

ある　ない　ジャンル・原稿量（　）

書　名				
お買上 書　店	都道 府県	市区 郡	書店名	書店
			ご購入日	年　月　日

本書をどこでお知りになりましたか?
1.書店店頭　2.知人にすすめられて　3.インターネット(サイト名　　)
4.DMハガキ　5.広告、記事を見て(新聞、雑誌名　　)

上の質問に関連して、ご購入の決め手となったのは?
1.タイトル　2.著者　3.内容　4.カバーデザイン　5.帯
その他ご自由にお書きください。
(　　)

本書についてのご意見、ご感想をお聞かせください。
①内容について

②カバー、タイトル、帯について

弊社Webサイトからもご意見、ご感想をお寄せいただけます。

ご協力ありがとうございました。
※お寄せいただいたご意見、ご感想は新聞広告等で匿名にて使わせていただくことがあります。
※お客様の個人情報は、小社からの連絡のみに使用します。社外に提供することは一切ありません。

のにも時間がかかって、階段を探すのにも……」

「これだから時間にルーズなやつは困るぜ」

ライトは落ち着いた色の細見のジーンズに白い綿シャツを合わせて爽やかに着こなしていた。隊服を着ているときは顔以外の肌が隠れているので、まくった袖から見える腕やジーンズの裾から見えるくるぶしが新鮮だった。いつも立ち上げている前髪は、休日だからか控えめに流されていた。目にかけた塩分可視化装置を覗けば、感じの良さそうな青年に見える。

高校生のころはもっと陰険でやぼったい雰囲気だったと思うけど、上京して数年の間になにか契機があったのかもしれない。そういえば会わなかった間の大学生活の話をまだ聞いたことがない。幼馴染に自分の知らない側面があると思うとダイナの胸はチリリと疼く。とはいえ改めて尋ねるのもなにか負けた気がする。

「ライト、他に言うことがあるんじゃないの？」

塩美に指差され、ライトは視線を泳がせた。視線は時々、ダイナの肩や足に止まる。

「まぁなんだ。いつもと全然違うな……変装にしては目立ちすぎるんじゃないか」

郷に入っては郷に従え。一般人に扮して敵陣に忍び込むのならちゃんとした恰好をしなければならないというのが塩美の言い分だった。彼女に言わせればちゃんとした格好というのは三回目のデートで着る服だそうで、三回もデートをしたことのないダイナは上から下まで塩美に見繕ってもらうことになった。

着ているのはベージュのシャツワンピースで、小さなポシェットを肩から掛けている。ドラッグストアで塩美お勧めのプチプラコスメを購入し、目の周りにナチュラルメイクなるものも施してもらった。睫毛のうえにのっている黒い糊を、知らない間に擦って台無しにしてしまわないか心配だ。髪はいつもの雑なポニーテイルではなく複雑にアレンジしたハーフアップ。ハイヒールだけはいざというとき走れないから絶対に嫌だと言い張ったのだが、オシャレ番長には聞き入れられなかった。

「いいわよ、あんたたち。どうみても表参道デート満喫中の恋人同士にしかみえないわ」

塩美が腹を抱えて笑ったがライトは否定も肯定もしなかった。時計を見ると、説明会の受付時間が迫っていた。

「行こう」ダイナは、人々の行きかう交差点に向かった。

代々木大谷記念館は駅から五分歩いたところの大通り沿いにあった。入口の門に列ができていて、一人ずつ署名して庭へ入ってゆく。一行は電柱の陰に隠れて、様子を観察した。

「あの建物だ。結構人集まってるね」

会員の列のなかには年配者だけでなく、羽振りの良さそうな女性やサラリーマン風の男、学生くらいの若者まで、年齢層もステータスも様々であった。

「待てよ。受付のあたり、塩の精が飛んでる。やつら、何か配っている」

よく見ると確かに、数匹の塩の精が受付のテントのあたりに浮いている。受付係が、訪ねてきた会員になにか手渡すのが見えた。丁度手で摑めるくらいの大きさの、白い耐油性の紙に包まれたほくほくの……。

「ホットドッグ！　塩の精が一、二、三……塩分量三グラム」

「なるほど、危うく入口で止められるところだ」

ライトはダイナの手をひいて、通りに停まっていたキッチンカーまで連れて行った。パステルカラーのワゴンから頭にバンダナを巻いた青年が顔をだす。

「いらっしゃいませ」

「すみません、ふたつください」

「なにを呑気にランチにしようとしてるの。早く入らないと受付おわっちゃう」

「いいから俺に任せろ」

「お待たせしました。どうぞ」

「うっ……」バンダナの青年が差し出したあつあつのホットドッグを見て、ダイナは顔をしかめた。大きめの塩の精がホットドッグに跨って、ダイナを物珍しそうに見上げている。パンとソーセージの塩分が非常に高いのは、塩活界隈では常識である。

「これで再入場に見せるぞ。いいか、余計なことは喋るなよ」


「お名前いいですか」

「あ、さっきも受付したんですが、これです。山田陽介。こっちは牧野恵子」

ライトは名簿の上の方にある知らない二名の名前を拝借し、ホットドッグを係員に見せた。

「そうでしたか。美味しいですか？　食べると幸せになれるって有名なんですよ。うちのホットドッグ」

なにか喋ればぼろが出そうなダイナは、演技をライトに任せてホットドッグのパンを口に詰め込んでいた。もぐもぐしながら俯くと、「すみません、人見知りで」とライトに肩を引き寄せられた。

「いいんですよ、可愛らしいですね」という係員の頭の上で、塩美が足をばたつかせて笑っているのが腹立たしい。

「ええ、自慢なんです」

「直に始まりますのでどうぞおはいりください」

「ありがとう」

胡散臭い会場の係員に負けないくらいの胡散臭い笑顔と嘘っぱちを並べて、ライトは受付を突破した。

会館の庭に会員が集まってきていた。長い芝の上に机と、パイプ椅子が規則正しく並べてあって、そこに腰掛ける者も立ち見を決め込む者もいた。皆が身体を向ける先は少し段になっていて、簡単なステージのようだった。

ライトは演技が板についてきて、ダイナのために椅子をひいたりするので調子が狂う。揶揄おうとして潜入中であることを思い出し、慌てて礼を言おうとして口ごもり、それがかえってしおらしくみえてよかったかもしれない。

「あんたたち随分役にはいっているわね。老婆心ながら言わせてもらうけど、これが最初のデートだとするならチョイスは最悪よ」

「塩美うるさい」

ダイナたちは一番後ろの席から、ホットドッグの残りを頬張りながら集会の様子を窺った。開催時間が近づいて、用意された席はすべて埋まっていた。人々は隣の席の人間と期待を込めて囁き合っている。

「何をするんだろ」

「さしずめ党首のありがたい声明を聞きにきたんじゃないか。ほら、きた……」

拍手喝采とともに現れたのは、眩しいくらいの白いスーツに身を包んだトオルだった。長髪を靡かせてステージにあがってくる。

『では初めに、協賛をいただきました健康防衛省技術開発局局長、白蕨氏によるご講演を始めさせていただきます』

司会者が恭しく、トオルに頭をさげる。

「なにかを我慢して生きること。健康、健康と脅されて生きることとは、本当に幸せですか」

トオルは話し始めてすぐに聴衆に投げかけた。会場は海外の大統領の演説のようにわっと沸き、拍手や口笛が響いた。

「私たちは自由だ。何にも支配されない。解き放たれる。病気からも怪我からも、もちろん、健康からも」

また歓声がおこった。健康防衛省の庁舎にいるときはアスアのカリスマ性にあてられて霞んでいたが、トオルもまた人の上に立つ素質を持った人間なのだ。

「好きなものを好きなだけ食べる人生、それが幸せというものです。人生は短い。後悔のない人生を送りましょう。私の目指す世界は、管理栄養社会。意識しなくても、知らないうちに健康になっていく世界。我々健康防衛省は幸せな食党を支援し、世界をよりよくするために、管理栄養化を目指します。糖分は人工甘味料に。食塩は人工塩味料に。そして完全栄養食には必要な栄養素がすべて詰まっています。これを食べるだけで何も考えなくても、無意識に健康になれる世界、それが我々の提供する世界です……この会が終了したあと、理想の世界に、みなさんをご招待します」

トオルが指差す先には、見慣れないパッケージの大型バスが駐車していた。

それを見た会員たちは一層盛り上がった。異様な空気が会場を包み、ダイナは居心地が悪くて顔をしかめた。

『それでは懇親会に移りたいと思います。お食事は塩分を一切使っていない煮物、おやつには完全栄養せんべいをご用意しています。また今回は会員の方からご出身地の地酒を差し入れていただいておりますので――』

「あのバスを調べるぞ」

ライトに促され、席を立つ。自分の分の酒をとりに会場中央へ集まる人々の波に逆らい、何食わぬ顔でバスへ近づいてゆく。

すれ違った会員の皺だらけの顔が目にはいり、思わず立ち止まる。

「吉村さん！」

吉村は振り返り、たるんで重たそうな瞼を持ち上げた。

「ダイナちゃん、どうして」吉村はダイナを見て目を丸くして、すぐに後ろめたそうに俯いた。「わざわざ探しにきてくれたの」

「どうしても会いたくて。あの、考えなおしませんか。すぐにとは言わないけど時間をかけて、自分の身体と向き合ってゆくほうが身体に負担もないし……そう、趣味って思ってもらえばいいんですよ。私はそんなに大変なこと要求しませんし、一緒に頑張れたらって思っているんです」

つっかえつっかえになって気持ちを吐き出した。ほかの会員たちがちらちら振り返る。

「塩活がつらいなんて思ったこと、ないのよ。ダイナちゃんが来るのをいつも楽しみにしているし、気にかけてもらって感謝しているわ」

「じゃあ、どうして」

「息子に勧められてね」

吉村は諦めたように、打ち明けた。

「この間健康診断書を見られちゃってね。血圧が高いのばれちゃったのよ。私の体調が心配だから、二十四時間三六五日ちゃんとデータをとってくれるものに切り替えなさいって。あの子は……片親だったからかしら。優しくてね」

吉村が目尻の皺を深くしていう。

「データなら、私が息子さんに送りますよ」

「いいのよ。違うのよ、ダイナちゃん。私はね、社会のお荷物になりたくないの。しんどいのよ。人に世話をしてもらうというのは。機械なら気兼ねないでしょう。管理栄養というのは随分お高いみたいだけど、最初のモニターならお安くしてくれるって、白薮さんはおっしゃったから。将来息子には迷惑をかけたくないから。頑張り屋さんのダイナちゃんにはわからないでしょうけど……お金で健康が買えるならそうするわ。楽に健康になれるなら、それが一番幸せよ」

「吉村さん、俺にも病気の母親がいますけど、家族はお荷物だなんて思っていませんよ」

我慢ならないというように、ライトが割ってはいる。

「でも、あの子にはあの子の人生があるわ。私が狂わせるわけにはいかない」

「そうですけど……でも」

「塩活援護じゃ、救えませんか」

「ダイナちゃん、ライトくん。わかってちょうだい」吉村が宥めるように言うが、ダイナは食い下がった。

「吉村さん……」

「塩活援護隊よ！」吉村が突然声を張り上げて、ダイナは驚いて口を噤んだ。食事を嗜んでいた会員たちは一斉にダイナたちに注目した。

「ここに塩活援護隊がいるわ！　この人たちはスパイよ！」

吉村が震える声で言うと会員たちは持っていた菓子や酒を置いて、ダイナたちを囲うようにして集まった。

「塩活援護隊は、私たちを不幸に貶めるわ。彼らに世話を焼かれていると、自分がだめな人間になった気がするんだから」

「見えない敵と戦うだって？　そんな詐欺まがいのことに騙されるか！　お前らの世話にはならない！」

「自分たちが健康だからって、人に健康を押し付けるな！」

押し付けるな、という言葉に、ダイナの心は揺らいだ。

「まずこいつらが公務員だってのが気に喰わねぇ。この、税金泥棒！」

どこからかスプーンが飛んできて、ダイナの額にぶつかった。

「ここまでだ。逃げるぞ！　トオルさんに気づかれたらまずい」

浴びせられる暴言に雁字搦めになって、ダイナは動けずにいた。

「ダイナ、走れ！」

ライトに強引に手をひかれ、なにも考えられないまま足を動かした。顔のすぐ先を塩美が飛んで行く。

「なんであんたたちが逃げてるの。あんなやつら返り討ちにしちゃいなさいよ！」

「市民に手を出せるわけないだろう！」

二人と一匹は記念館の裏に回って聴衆の漫罵から逃れた。コンクリートの塀をよじ登って路地裏の小道にでて、身を屈めながら移動し古い民家の陰に身を潜めて暫くじっとしていた。会館から追手がくる様子はなく、二人はほっとして長い息をつく。

ずっと手を繋いでいたことに気がついて慌てて距離を取る。

「……結局、管理栄養装置ってのがどんなものなのかわからなかったな。モニターを希望する人はたぶんあのバスに乗ってなにかのサービスを受けるんだろうが。もう少し突っ込んで調べてみるしかないな」

「あんな風に思ってる人もいるんだね」

ずっと考えていたことが、口をついてでた。初めて目の当たりにした反対勢力の存在、彼らの言い分をまだ受け止められないでいる。

「気にするな。仕方がないだろ。考え方は人それぞれだ。誰でもかれでも救えるわけじゃない。今、俺たちを信じてくれている担当市民に集中しよう」

それでもダイナは、後ろ髪を引かれる思いだった。吉村が顔を歪ませながら言った言葉が蘇る。人に世話をしてもらうのはしんどい——。

部屋で報告書を書く、と言ってライトは帰路につこうとした。その場から動こうとしないダイナを振り返り、足元を見て目を丸くする。

「なんで裸足なんだよ」

「別に」

塩美が見繕ってくれたピンヒールのサンダルは塀をよじ登るときに片方脱げて、走りづらくてもう片方も捨てた。おかげで路地を走ってくる間に小石を踏んで、母指球の辺りに切り傷を拵えている。痛くて動けないのだ。やっぱりヒールなんて履いてくるんじゃなかった。

「それじゃあ、電車で帰れないだろ」

「気にしないよ。先に帰ってて」

「俺が気にするんだよ。そんな恰好、誰かに見られたら困る」

「……そんなに似合わないかな」スカートの裾を引っ張って自分の姿を顧みる。

　通信機を操作してタクシーを呼んでいたライトは、小さくため息をついた。

「そうじゃなくて。綺麗な恰好しているやつの足がそれじゃあ人の目を集めてしょうがないだろ。……あ、いや綺麗っていうのは、服装の話で、いや、服装というか、その、雰囲気の話で」

　歯になにか詰まったような顔をして言う。そんなライトの顔を見るのは初めてで、それがどうも面白くなかった。

「今日のライトは、いつもと別人だね」

「演技してたんだから、当然だ」

「でも、慣れてるみたいだった」

「何が言いたいんだ？」ライトが怪訝そうに言ったとき、タクシーが路地まではいってきて、二人の少し先で停まった。片足で跳ねてタクシーに乗ろうとすると、ライトが慌てて追いかけてきて、ダイナの手をとって自分の肩に回した。

「怪我してるなら言えよ」

てか塩美は終始黙っているのだった。


「優しくしないでよ。気持ち悪い」

「まだ潜入中だ。今日くらい、大人しくしろ」

ライトが仕事モードで言うので仕方なく身体を預けると、ばか、突然全力で寄りかかるな、と怒られる。ライトに身体を預けると、足の痛みは少しましになった。

タクシーのなかではなんとなく、ライトからできるだけ離れて座った。なにを思ってか塩美は終始黙っているのだった。

流れていくビル群を車の窓から見ながら、ダイナは吉村のことを考えていた。

人を助けたり護ったりすることは、ダイナの生き方そのものであり、身体の芯を貫く大事なものだ。人よりも、機械を頼るほうが気兼ねないなんて、考えたこともなかった。どんな人も最後はお礼を言って笑顔を見せてくれたし、それがダイナを勇気づけていた。だけどそれはダイナの独りよがりで、ひょっとして今までも……。

ダイナは首を振って、車の窓に頭を押し付けた。田舎にいたころもこうやって車の後部座席に座って、窓の外を見ることがよくあった。窓に頭をつけて電柱の数を数えていれば、嫌なことは忘れられた。昔は。今さら気づいたけど、都会の街には随分電柱が少ない。

「お母さん、まだ悪いの」ダイナが静かに尋ねる。ライトは答えない。聞こえなかったのならそれでも構わなかった。

「……良くなることは、ないからな」ライトも車の外を見たまま、独り言のように呟いた。

三、ライトの失態

ダイナはまだ足しげく、高杉家に通っていた。ライトの言う通り、今自分の手元にいる市民はせめて、全力で護り抜きたいと思った。

妻・啓代の夕飯の準備を手伝い、その度に高杉家の食卓でご馳走になる。高杉ともしつこく対話を試みて、彼に釣りと将棋の趣味があり元々は高校で体育を教えていた教員だったということも聞き出した。今日は食後の晩酌に、水で付き合っている。

「懲りないな、お前さんも」

「懲りませんとも。あなたを護りぬくまで」

半分は高杉に、半分は自分に向けて言った。

「さて塩活プログラム、ステップ二、ナトリウムの代わりにカリウムを使います」

指を二本突き出すダイナに、高杉は半ば諦めたような顔をした。

「これまでは普通の料理の塩分を若干減らすことにより、気づかないまま薄味に慣れていってもらいましたが、ここで各段に塩分を減らしていきます」

飲みにケーションを重ねたことによりダイナは順調に高杉との信頼関係を構築してはきていたが、しかし高杉の前ではまだ本人の健康スコアを確認したり、日々の食事の記録を見直すなどの通常のヒアリングは行わないことにしていた。あくまで一般論の展開にとどめる。

「塩分というのは塩化ナトリウムのことで、これの過剰摂取が人体に悪影響を及ぼします。そこで塩化ナトリウムを塩化カリウムへ代替します。塩化カリウムや塩化マグネシウム、塩化カルシウムは塩味を有していて、塩化ナトリウムよりも少量で塩味を感じることができます。よって、塩化ナトリウムの代替としてそれらが含有されている調味料を使います」

「ちょっと待て、ちょっと待て。ゆっくり頼む。おれは理科は苦手なんだ。塩化カリウムって……苦くなるやつか？」

ダイナは目を輝かせた。

「いかにも！　塩味を落とさないかわりに、苦味が増してしまいます。そのジレンマを乗り越えるため、この魔法の塩を使用します」

ダイナは足に括り付けているポーチから小瓶を取り出した。黄色いふたにはミミズのような字体で「魔法の塩」と表示されている。

「塩活援護隊で開発された特別な塩か」と高杉は興味津々に魔法の塩を電球に透かして見た。

「違います。さっきネットで入手しました」

ダイナの回答に、高杉は椅子から滑り落ちそうになった。

「二〇二二年にフランス人発明家が開発した、塩化カリウムのえぐ味を隠す技術を利用して開発された代替塩味料です。加工食品メーカーの商品開発部に卸されてるので、一般人の手には入りません」

「ネットで入手したと言ったじゃないか」

「塩活援護隊の技術開発部の人間と偽ってダイレクトメールを送り、分析用サンプルをもらったんです。ネットは便利ですね。高杉さんは騙されないように気を付けてくださいい。さてここに三つの味噌汁があります」

「なんだって?」

ローテーブルの上には椀が三つ並べてあった。ダイナが事前に仕込んでいたものだ。

ダイナがやかんでそれぞれの器に熱湯を注ぐと、途端に味噌の香りが漂ってきた。

塩の精が現れて、ぱたぱたと部屋を飛び回る。

「これはインスタント味噌汁に、それぞれ工夫を加えたものです。これからクイズを出しますので、正解すれば今後一切、味噌汁についてはうるさく言いません。外したらしばらくは断味噌をしてもらいます」

「望むところだ」

「では問題。最も塩分が多く含まれているものはどれでしょうか」

　高杉はソファからおりて、ローテーブルに並んでいる味噌汁を見た。当然、見た目に違いはない。持ち上げる。匂いを嗅ぐ。何も変わらない。高杉は右の器から順に口に含んでいった。

「……③だな。③が一番しょっぱくて味が濃いな」

「ちなみに、どれが一番美味しいと感じましたか」

「②」

　ふっと、ダイナは鼻を鳴らした。

「それでは正解を発表します。塩分量ですが、全て一緒です」

「うそだ！　③が一番しょっぱいぞ」

「①は市販のインスタント味噌汁を二倍希釈したもの。②は、①に魔法の塩を加えたもの。③は無塩味噌に魔法の塩を加えたものになります。塩分量については全て同じになるように調整しています」

高杉はもう一度真ん中の椀に入っている味噌汁を啜った。塩の精が高杉の頭に乗って、髪を引っ張ったり耳を引っ張ったりしている。

「塩活を始める前の高杉さんなら、③の味噌汁が一番美味しいと仰ったはずです」

「なぜだ？」

「③に含まれる無塩味噌には、塩味をカモフラージュするための旨味成分がふんだんに使用されています。その旨味を魔法の塩が拡大しているので、味の濃さでは③が最も刺激的に感じるはずです」

そんなもんか……と高杉は持っていた味噌汁を啜った。

「ところでこの味噌汁、なんの出汁が使われているかわかりますか」

「……鰹節だな」

「正解です！　高杉さんの味覚は正常に戻りつつあります。たった数週間でも、人の味覚は変わります。もう、ラーメンを食べても汁を飲まなきゃ食べた気がしないなんて思わないと思いますよ」

ダイナも端のお椀を両手で包んで飲み干した。

「はぁ……うまい……」

二人で同時に、器をテーブルに置いた。旨味が口のなかへ広がり、やがて五臓六腑に染みわたる。

「イノシン酸の旨味は後味なので、ちょうど椀を机に置いたころ旨味が口内に広がっていきます」

「随分勉強してんだなぁ」

素直に感心されてダイナは顔が熱くなるのを感じた。ここのところ深夜近くまで塩美と勉強会を行っていた成果だ。最近は就業後、家に帰ってから寝るまでの時間を塩活のスキルを習得するのに使っている。

「日本人には、旨味でいいんだ。旨味で。塩なんてこの世になけりゃよかったのになぁ」

高杉がやれやれと首を振るのを見て、塩美が複雑そうな顔をするのを、ダイナは見逃さなかった。

「魔法の塩じゃなくて、塩を消す薬は持ってないのか？　飯を食ってからそれを飲めば、万事解決じゃねぇか」

ダイナはポーチのなかの、青いビーズを触った。アスアから貰い受けた塩害防腐剤……塩を溶かす研究は、少しずつ進み始めている。

「それも塩活援護隊の仕事のうちだろ。頑張ってくれよ。おれもな、わかってきたたんだ。もう、死にたいなんて言わねぇよ。それに孫が生まれるまではたとえ病気になっても死ねねぇってもんよ」

高杉は今まで見せたことのない穏やかな表情をつくった。

ダイナは中央公園の芝に寝転んで、風にあたった。近くで子供連れの家族が遊んでいるのだろうか。賑やかな声がする。

「頑張ったじゃない。いい顔してたわよ。敦夫も、あんたも」塩美は、ダイナの顔のそばに生えていた白いキノコの上に腰かけた。

「塩美のおかげだよ……摑みはクイズとか、知識でマウント取れとか、数字で納得させろとか、教えてくれてありがとう」

「それがあたしの仕事だからね」

「これで高杉さんを救えるのかな……」

「どうかしらね。でもやっぱり良いわね、感謝される仕事は。塩はいつだって悪者だもの」

塩美はキノコの上で遠くを見ていた。高杉の言ったことを気にしているのかもしれない。どんな職業に就いたって、塩美が塩の精であることは変わらないのだ。

「別に悪者だなんて、思ってない」

「でも塩の繁栄を許さない、でしょ」

あて擦る言い方が気になって、ダイナは起き上がった。怒っているわけではなさそうだが、伏した長い睫毛のつくる影が哀愁を漂わせていた。

「まだ持ち歩いていたのね。塩害防腐剤。私のこと、信頼してくれたわけじゃないんだ」

塩美はキノコの上で、小さくなってむくれた。

「ち、違う。捨てるタイミングを失っていただけ」

ダイナはポーチから青いビーズを取り出して、遠くに投げ捨てた。

「ばか、なにも捨てることないじゃない。この先なにがあるかわからないのよ」

「私、風邪ひかないから」とダイナはまた芝の上に寝転んだ。塩美は「馬鹿は出世しないわよ」と笑った。

柔らかい草の匂いに包まれて、ダイナは眠気に襲われた。丁度昼の時間だ。休憩がてらひと眠りしようと目を閉じる。

大地に背中をつけ胸で浅く呼吸をすると、地球の一部になったような感覚に陥る。錯覚ではない、ダイナが身体に取り込む空気も食物もこの広大な自然の一部であり、ダイナはやがてこの大地に吸収され自然の一部となるのだ。そうすれば今日も明日もない、直線的な時間が続いてゆくだけだ。そうなれば、平和だ。

頬をくすぐる芝のなかでまどろみ始めたとき、耳を劈く通信音がして、ダイナは飛び起きた。

「はい、こちら塩活援護隊ダイナ」

『本部より緊急要請。中央公園に沈黙の暗殺者が多数出没。塩の精も大量発生している模様。至急応援に向かってください』

抑揚のない声がダイナに指令を出した。寝ぼけ声のダイナにも司令部の者たちは容赦がない。

「ラジャ」

ダイナはジープに飛び乗り新宿駅前中央公園に直行した。幸い、車で十分とかからない距離だ。

それにしたって、閑静な公園に沈黙の暗殺者が出没するとは何事だろう。ピクニック気分でレジャーシートを広げ、大量にピザの配達でも頼まない限りそのようなシチュエーションなど起こりっこないではないか。

公園に到着すると指令部からの要請のとおり、青い芝の上を沈黙の暗殺者が何体も歩き回っていた。塩の精がその上空をぶんぶん飛び回っている。

芝の真ん中のツツジの木の植えてあるあたりに高齢の女性たちが数人、怯えたように身を寄せ合って座っていた。沈黙の暗殺者に襲われるのも時間の問題だ。

車を公園に寄せると、塩美が窓にへばりついて声を上げた。

「ダイナ、見て！　あそこ」

見ると傍のツツジの木の上に、青年が一人倒れ込んでいるのがわかった。ツツジの木に力なく覆いかぶさり、投げ出した四肢を痙攣させている。

「ライト!?」

ダイナは車から転がるように降り、ライトの元へ駆け寄った。最初に応援に駆けつけたのだろうか。隊員は他に誰もいない。一人でこの量の沈黙の暗殺者を相手どるなど自殺行為だ。

ライトを抱え上げ、その青白い顔を見てダイナの心拍数は上がった。まさか、既に沈黙の暗殺者に触れてしまったのか……。

「塩の繁栄を許さない……」

芝に蔓延る沈黙の暗殺者を睨みつけ、ダイナは拳を握り紋めた。熱い血が身体を駆け巡り、全身が熱を帯びてゆくのを感じる。

「待て……」とライトが弱々しくダイナの腕を摑んだ。それからダイナの肩の傍で飛んでいる塩美を睨み上げた。

「この塩の精の大量発生、お前の仕業じゃないだろうな。お前が俺の市民を誘惑したんじゃないのか」

「塩美はずっと私といたよ。一体なにがあったの」

抱き起こして木にもたれさせると、ライトはひとつ大きく息を吐いた。

「俺の担当市民が公園で、ピザパーティを……」

「ピ、ピザパーティ!?」

「十人も集まって……やりやがった……。俺の担当市民は知り合い同士で、仲良しコミュニティをつくってた。普段の食事会には俺も参加して、しっかり指導してきたと思ったのに……まさか、俺のいないところでピザパーティを開催していたなんて……」

ライトは悔しそうに唇を嚙んだ。

ダイナはレジャーシートの上で怯えている高齢女性たちを見た。

金の指輪をいくつもつけて、オシャレなシルクのスカーフを首に巻いたりしている新宿のマダムだ。よく見ればシートにはハイブランドのロゴが入っている。シートの上に広がっているのは、平べったい箱と、均等に切り分けられたサラミチーズ。人数分のお手拭きと、使い捨てでないコップが用意されているあたり、常習犯と見た。彼女たちは健気に塩活に勤しむその裏で、定期的にハメを外していたのだ。

それだけ、ライトの塩活指導が厳しかったということだろう。正論を振りかざす優秀な塩活援護隊員に叱られるのを恐れ、結託して悪事を隠し通していた……まるで悪戯を隠そうとする子供のように……。禁じられていることや悪いとされていることに対しての結束力というのは、崇高な目的に対する絆よりもずっと、簡単にうまれるものだ。そして往々にして、悪い事態に発展する。

「辛かったなら、言ってくれればよかったのに。みんな楽しそうにしてたんだ。もう、わかんねぇよ……」

ライトは珍しく弱音を零した。焦点の合わない目で、自分の担当市民たちの方を見ていた。

「こんな失態、お前だけには、見られたくなかった」

「喋らなくていいから。寝てて」

本当に本人なのかと疑うくらいに、ライトは憔悴しきっていた。ダイナはライトに自分の援護隊ジャケットをかけて、公園中央のレジャーシート付近へ向かった。

「ライトは、病気になったの……？」

ダイナが声を震わせて言うと、塩美が肩の上で「馬鹿ね」とため息をついた。

「ショックで一時的に混乱しているだけよ。普段あれだけ身体に気を付けている人が一度の接触で疾患するわけないでしょう。あの子はね、自分の血圧が異常値になったことなんて今までないし、仕事で失敗したこともないのよ。ましてや市民に裏切られるなんてね。そこに来てサラミチーズピザの威力。匂いにやられたのよ。完璧主義のエリートも、逆境には弱いってこと」

よかった……とダイナは眉間に力を入れた。

「泣くほど心配してるなら、本人にそう言いなさいよ」と塩美はダイナの目尻を拭い、まぁしょっぱい、と言って払った。

「これは涙じゃない。鼻水」

「汚いわね。あんたも注意しなさいよ。ストレスが溜まった状態じゃ、暴飲暴食は抑えられないんだから。ピザに手を出しちゃだめよ」

耳元で騒ぐ塩美に、ダイナは大丈夫、と答えた。

「私、風邪ひかないから」

「みなさん、無事ですか。具合の悪いところはないですか」

　ダイナはレジャーシートの上でうずくまる高齢女性たちに駆け寄った。女性たちはダイナの姿を見るや、安堵の表情を浮かべた。

「えぇ大丈夫よ。怖かったわ」

「急に怪物みたいなものが現れて……あれが沈黙の暗殺者なのね」

「触られないように気を付けてくださいい。でもどうしてこんな、ピザパーティだなんて……ライトの援護に、なにか問題があったんですか」

「ライトくんは悪くないのよ……でも彼、あまりにも正論を言うんだもの。つい反発したくなっちゃって。ただみんなで、悪者にして楽しんでただけなの。そうしないと、厳しい減塩生活に耐えられそうになかったから……」

「たまにはいいよねって、そういう息抜きが日々の楽しみになっちゃって。目を盗んで集まってお菓子を食べるようになってしまって。今日は全員集まれる日だったから。その、宅配ピザを頼んだの……反省してるわ。ライトくんはいつも私たちのことを考えてくれているのに」

　申し訳なさげに眉を下げる女性たちに、ダイナは心苦しいような気分になった。自分たちは市民にこんな顔をさせるために働いているわけじゃない。もっと楽しく健やかな日々を笑って過ごしてほしいのに。毎日身を粉にして頑張って、あげく市民にこんな悲しい顔をさせていたら、なんのために働いているのかわからない。この人たちが笑ってくれなければ、塩活援護隊が命を賭して働く意味が――。

「でも、私たちはどうしたらいいの？　どうして美味しいものには塩が含まれているの？　私たちは塩から逃げられないの？」

「そうよ。ライトくんは悪くないわ。塩よ！　全部塩が悪いのよ！」

一人のマダムの言葉をかわきりにマダムたちはそうよそうよと共鳴した。

「塩なんて、この世からなくなってしまえばいいのに……。そうすれば、私たちはライトくんともっと仲良くできるし、ずっと健康でいられるわ」

「全て塩のせいよ」

マダムたちの呆れた主張に、ダイナは閉口した。しかし気持ちがわからないでもない。楽しみを奪われ、いい歳をして叱られ、自分たちが不当な扱いを受けているような気がして、とにかく気に入らないというわけだ。

「み、みなさん落ち着いて……」

「あなた、塩活援護隊でしょう。あの化け物を倒す訓練を受けているんでしょう。あいつらを全部倒して、私たちの健康を護ってくれるのよね」

着物を着た一人が、ダイナに詰め寄る。

「え、えぇ……私は、塩の繁栄を許さない」

ダイナの言葉に気を良くしたのか、マダムたちは目尻を下げて一斉に手を叩いた。

「すごいのね。塩活援護隊は。塩なんて、この世から排除しちゃって。あんな醜いもの、消えていなくなればいいわ」

ダイナは塩美を横目で見た。ここまで容赦なくこき下ろされては、塩の精としても立つ瀬がないだろう。

「ダイナ、まさか同情してるんじゃないでしょうね。集中しなさいよ。いいのよ。別に。気にしてないわ」

「あなたは塩の誘惑になんて負けないんでしょう？　若いのに世の中のために働いて偉いわね」

マダムに背中を押され、ダイナは何体もの沈黙の暗殺者に向きなおった。

ダイナは無心で、沈黙の暗殺者の始末にかかった。

「右よ！　次は左、それ後ろ！」

塩美がダイナの肩に摑まって、操縦士のごとく指令を出す。ダイナはその指示に従ってロボットのように一心不乱に身体を動かした。

塩を消せという市民。塩の繁栄を許さない自分。塩活援護隊を指導する塩の精。まとまらない思考が頭のなかを駆け巡る。最も優秀な塩活援護隊員のライト。そのライトの担当市民が誘発した塩の精の大量発生——市民は、何を望む？　ライトが成し得ない市民の幸せを、誰が成し遂げられる？　市民の輝く明日とは一体……。

沈黙の暗殺者の鳩尾に蹴りをいれ、こめかみに突きをいれ、無我夢中で目の前の敵を破壊して、それでも一向に答えは出ない。

一体倒し、また一体倒しているうちに、おや、この沈黙の暗殺者は、先ほど倒したではないかと思うようになり、これは永久に終わらない作業なのではないかという疑念が過った。これは気が遠くなるほど無意味な取り組みなのではないか。

あと三体……あと二体……世界にはあと何体、この憎いやつらがいるのだろう。今までに何体の沈黙の暗殺者を殲滅してきただろう。倒しても倒しても際限なく生まれてくるではないか。そうだ。こいつらは決していなくならない。なぜなら市民は自制して塩分を控えることができないのだから。

ダイナはある見解を得た。同時に、空恐ろしい気持ちになった。いや、なにを白々しい。今までもずっと気がついていて、知らないふりを続けてきただけだ。

市民の幸せはおいしいものを食べること。その幸せを奪い取って我慢を強いるのが、塩活援護の本質なのだ。市民の明日を護ることは、すなわち市民の幸せを奪う行為なのだ。市民の幸せを願うなら、そっとしておく方がいいのだ。やいのやいの言われるのはごめんだと、高杉も言っていたじゃないか。好きなものを好きなだけ食べて、それで死んだら本望だと——。

沈黙の暗殺者を前にして、ダイナは立ち尽くした。滅茶苦茶に身体を酷使して、体力が限界を迎えたとも言えた。闘う意味を見失ったとも言えた。黒い塊が、動かなくなったダイナの周りに集まってくる。奴らが腕を伸ばし喉元に手をかけてきても、ダイナは動けずにいた。

そのとき耳元を閃光がかすめた。光が沈黙の暗殺者の顔面を直撃し、その身体は弾け飛んだ。

ライトだ。こんな風に相手の急所に寸分の狂いもなく光線を撃ち込めるのは、塩活援護隊ではライトくらいのものだ。期待を胸に、ダイナは振り返った。

「これはこれは、酷い有様だ」

光線銃を片手に立っていたのは、ライトではなかった。

「こんな大量の沈黙の暗殺者をたったひとりの新入隊員に処理させるなんて。マネジメント体制はどうなっているんですか。こんなときにアスアは一体どこでなにをしているんです。これじゃ、指揮官は失格だ」

餌の匂いを嗅ぎつけたハイエナのように、白蕨トオルはどこからともなくやってきた。

技術開発局のトオルがなぜ現場にいるのか。なぜ、対暗殺者用の光線銃を持っているのか。ダイナは眉を寄せた。

「安心してください。新人の彼は僕が保護しました。マダムたちはバスドックでぺちゃくちゃとお喋りしてますよ。呑気なものです」

気付けば、知らぬ間にレジャーシートもマダムたちもいなくなっている。なぜ塩活援護隊の応援ではなく、技術開発局のトオルがマダムを保護するのだろう。ダイナの心情を察したのか、トオルは優し気な笑みを浮かべた。

「これでわかったでしょう、管理栄養の必要性が。人は誰かに見られていなければ、悪さをするものなのですよ。彼女たちには、管理栄養システムのモニターになってもらいます。自己の振る舞いを反省し、快く承諾してくれました」

「……市民の食事を……全て管理するということですか」

「二十四時間の監視下のもと、ね。情報の吸い取りは自動ですから、市民側には一切手間はないのです。僕らが彼女らの健康を監視します」

「あんた、プライバシーってものを知らないの？」塩美がダイナの顔の前に出て、トオルに指を突きつけた。

「喋る塩の精……」

トオルは塩美を見ると表情を一変させた。取って食うようなトオルの視線に身を震わせて、塩美はダイナの首の後ろに隠れた。代わりにダイナが、苦言を呈す。

「家族や……同居人の許可は？　二十四時間監視するなんて、家族の自由も奪われることになります」

「当然です。彼女たちの健康のため、延命のため、彼女たちをとりまく家族のため。そのための管理体制なのですよ」トオルはバスドックから解放されたマダムたちに目をやった。

「それで……あの人たちは幸せになれるんですか」ダイナもマダムたちを見た。

なににそんなに盛り上がっているのか小娘のようにきゃあきゃあと騒いでいる。

ちっとも、反省の色がない。

「きみは塩活援護隊に入って一人でも、誰かを幸せにしたことがありますか」

ダイナは言葉を詰まらせた。答えられるはずがない。

「管理栄養は市民を幸せに導く技術です。その人に必要な栄養を分析し、効率的に摂取させる。治療とも、予防とも違う延命措置ですよ。当然塩分の過剰摂取も阻止できます。管理栄養を導入すれば、市民の未来は保証される」

トオルの強い瞳に射抜かれ、ダイナは一歩退いた。トオルの瞳は、アスアの瞳によく似ている。夢を見せ、未来を語り、人を導く者の瞳。そのトオルの背後には大きな月がでていた。途方もなく荘厳な、白い満月だ。

「わ、私は……市民の輝く明日を護る……」

ここまで、自分の言葉を薄っぺらいと感じたのは初めてのことだった。

「全て黒椿アスアの見せる幻想です」

「私は……アスアさんを信じます」目前に迫ったトオルの顔を、ダイナはなんとか睨み返した。

「信じるものを疑わないその脳死状態こそが、管理栄養化の思想そのものだというのに」

トオルは興醒めだとでもいうように首を振った。

「わかりますとも。アスアは人々にとっての光だ。生まれながらにして価値がある。ただそこにいるだけで、意味がある。でもそんなのずるいじゃないですか。ずるいですよ」

嘆かわしく、どこか寂し気に、トオルは繰り返した。「さも当たり前のように人の前を歩いて。許せませんよ」

トオルは不穏な言葉を残し、革靴の踵を響かせバスドックへ戻っていった。

「なによ、このスケコマシ！　あいつ、アスア指揮官の出世を羨んでいるだけよ」

トオルの姿が見えなくなってから、塩美は飛び上がってあっかんベーをした。


週明けは季節の変わり目を思わせる強い雨が東京に降り注いでいた。

珍しく余裕を持って出勤したダイナは、オフィスに足を踏み入れすぐのところで立ち止まった。

普段は怒号のような挨拶が飛び交うオフィスが、いやに静かだった。隊員たちはフロアを落ち着きなく歩き回っているかと思えば、雨の当たる窓際、小会議室の入口、狭い給湯室……至る所で立ち止まりひそひそと囁き合っている。頭を突き合わせる隊員たちの表情は険しく、健康に裏付けされた活気を失っているようであった。

「邪魔だぞ、ダイナ」

刺々しい声に振り返ると、ライトが立っていた。顔色は悪くなさそうだが、目元は暗い。

「ライト、身体はもういいの？」

「少し疲れが溜まっていただけだ」とそっけなく言うライトの手には、大きめの段ボールが抱えられていた。資料やファイル、栄養学の教本や自己啓発本など、普段ライトが仕事に使っている道具が段ボールのなかに几帳面に収納されている。

「……なにしてるの。まさか……」

左遷か。無理もない。担当市民をあれだけの沈黙の暗殺者に晒して他の隊員に尻ぬぐいをさせたのだから。それとも沈黙の暗殺者に襲われて、やはり命に関わる重大な病気に侵されたのだろうか。既往歴に傷がつけば、塩活援護隊からは除名される。健康な身体でなければ、塩活援護隊の職務を遂行することはできない。塩活援護隊の審査は生命保険の加入よりも厳しいのだ。

「なにか、妙なことを考えてるな」

顔を曇らせたダイナに、ライトは眉を寄せた。

「昇進だよ。小隊長にな。奥のデスクに移動する」

あまりに予想外のことにダイナは目を丸くした。

「聞いてないのか？　今日から塩活援護隊の活動指針は徹底した管理栄養に変わる。

その施策の要には完全無欠の優秀な俺が必要というわけだ」

ライトはダイナと目も合わせずに、せっせとデスクの引き出しを片付けていた。完全無欠？　公園のツツジの上で伸びていた男が何を言う。

「冗談」

「冗談じゃねえ」

「……管理栄養思想にはライトも反対だったでしょ」

「反対なんて言った憶えはないぞ。俺はあれからずっとこの技術を調査してた。この国の病をなおすには、この技術が必要だ」

「アスアさんは反対してた」

「アスア指揮官は地方の分隊に更迭された。前、指揮官だな」

ライトの言葉は、どこか知らない国の言葉のように、ダイナの頭のなかで形を成さずに消えた。「何を言ってるの」と眉をひそめると、ライトは部屋の奥を顎でさした。

ガラス張りの指揮官室の黒革椅子に座っているのは、我が主君黒椿アスアではなかった。テーブルに肘をつき、骸骨のような手を組んで慇懃に笑っているのは、白蕨トオルであった。

剛健な指揮官のために揃えられた分厚い机や厳めしい椅子は、その男の貧相な身体つきにおぞましいほどに馴染まない。部屋全体が、男に使役されることを拒絶しているようだ。しかしトオルは什器の反発もなんのその、我が物顔で指揮官室に君臨している。ダイナは、なんで……と眉間の皺を深くした。

ダイナの噛みつくような視線に応えるように、トオルは滑らかに指揮官室から出てきた。いつもの白いスーツではない。選ばれしものだけがその着用を許される、黒い援護隊ジャケットに腕を通している。ライトはすみやかにトオルの横に移動し衛兵のように立った。

「諸君、おはようございます。塩活援護隊の新しい指揮官としてこの私を迎え入れてくださったこと、光栄に思います」

トオルに笑いかけられて、隊員たちは須らく敬礼した。黒い援護隊ジャケットが条件反射的にそうさせるのだ。

「突然の人事ではありますが、僭越ながら今日から私白蕨が皆さんの指揮を執らせていただきます。週末に発生した中央公園での塩の精大量発生事件を知っていますね。一人の新人援護隊員への仕事量超過がもたらした事件です。指揮官のマネジメント不足と言えるでしょう。六人の市民と一人の塩活援護隊員の健康を危険に晒したとして、黒椿前指揮官自ら責任をとって辞任しました」

不明瞭だった言葉は経験と重なることで、やっと意味となり、すぐに衝撃に変わった。アスアが、いなくなった――？

「私が異変に気付いて駆けつけたからよかったものの、もう少し遅れていれば彼はどうなっていたかわかりません。優秀な隊員を失わずに済んだ。これも彼が管理栄養装置を身に着けていたおかげです。監視は命を救う。沈黙の暗殺者から市民を、そして隊員の健康を護るために、今すぐにでも管理栄養システムの導入を開始します」

混沌の波が塩活援護隊のオフィスを襲う。トオルはステンレス製の赤いブレスレットを掲げて見せた。隊員たちは眩しいものでも見るように、その腕輪を見上げた。

「ひとつ身の上話をしましょう」トオルはブレスレットを弄びながら、フロアをゆっくり歩き出した。

「もう十年以上前のことです。私の母親は腎臓病を患っていました。時折病院に通い、食事に気をつけながらも元気に暮らしていた。彼女はある日、嗚呼ウナギが食べたいと呟いた。それを聞いた心優しい父は、タレのたっぷりかかったうな重を買って帰り、母はそれを嬉しそうに食べた。翌日、父が家に帰ると母は居間で倒れて死んでいた。急性腎不全です。隊員の皆さんはよくご存知のように、うな重には三～四グラム程度の塩分が含まれています。母はなぜウナギを食べたいだなんて言ったのでしょう。父の優しさが招いた悲しい事件でしょうか。私はすでに健康防衛省に就職し、塩活に関する知識もあった。私にできることはなかったのでしょうか。否。誰かが徹底的に監視していれば、母は命を落とすことはなかった。私はそのとき心に決めたのです。この悲劇を、二度と繰り返しはしないと」

声を震わすトオルの言葉に、隊員たちはいつの間にか熱心に耳を傾けていた。トオルは赤いブレスレットを天井に突き上げた。

「担当市民の腕にこれをつけるように促してください。市民の安心安全そして健康を護る砦です。担当市民の健康データは当然、担当の援護隊も閲覧することができます。徹底した栄養管理。この隊の唯一にして絶対的な活動指針です。市民の命を危険に晒さないよう、この装置で二十四時間見守りましょう」

隊員は「ラジャ」と声を揃え敬礼した。トオルは塩活援護隊の心を摑んだ。たった数分前まで借り物に過ぎなかった黒い援護隊ジャケットが、隊員の心をひとつにするシンボルと変わった。

ダイナが立ち眩みを覚えている間に、腕の通信機が震えた。みると「アップデート完了」と文字が浮かび上がっていた。

「当然、方針転換に懐疑的な隊員もいることでしょう。前指揮官の意志をないがしろにするなと、憤る隊員もいるかもしれません。新しい活動方針に否定的な方はどうぞ異動願を出してください。不信感を抱えたままでは仕事に支障がでます。優秀かつ任務遂行力の高い人間だけを残したい」

トオルの挨拶が終わると、隊員たちは散り散りに通常業務へ戻り始めた。市民に渡すためのブレスレットを興味深そうに起動し、自分の通信機と連携させた。

「上が変わればやり方も変わる、か」

「命をはって人類の健康を護っていようとも、俺たちはたかだか公務員だからな。上には逆らえない。アスアさんだって例外じゃない」

「しかし寂しくなるな。カリスマ指揮官黒椿アスアもあっけないもんだ」

ダイナは腹の底が熱くなるのを感じた。すました顔で滔々と詭弁を語るトオルにも、自分の意志をもたない先輩隊員にも怒りを覚えた。特に腹立たしいのは、トオルの横で後ろ手を組み、参謀気取りの幼馴染のあの顔だ。さっきから一度も、目を合わせようとしない。表情は蠟人形のように硬く精彩を欠き、目元は死人のように虚ろだ。

「何のつもりなの」

暴れ出そうとする心をなんとかねじ伏せて、ライトに迫った。「アスアさんに何の恨みがあるの」

「恨みなんてない。ただ俺は、トオルさんをトップにしたかった。アスアさんじゃなくてな。世界には、管理栄養が必要なんだよ」

「ライトは本当に、こんな機械で健康を管理することが市民の幸せだと思ってるの」

ダイナは責め立てるように言った。二十四時間監視され、細かく行動を制限されて成り立つ幸せなどあるはずがない。

「綺麗ごとを言うなよ。みんなの幸せを考えていたら、キリがない。なんでもかんでも救えるわけじゃないんだぞ」

「それを追求するのが私たちの仕事でしょ！」

ライトの冷ややかな返しに、ダイナは激昂した。「どうしていつもいつも、なにもしないうちから決めつけるの！」

「お前に、俺の何がわかる」ライトは低く唸るように返した。まだ目を合わせてくれない。

ダイナはライトの胸倉を摑んで引き寄せた。その青みのある瞳を覗き込めば、ライトの本音を見つけられる気がしたのだ。

「わからないよ。だからちゃんと教えてよ」とダイナは殆ど縋るように言った。

「福利厚生だよ」

ライトの言葉は、話の流れにそぐわない現実味を帯びていた。

「管理栄養システムの導入は都内の援護隊が担当する市民にのみ適応されるが、トオルさんは塩活援護隊の隊員の家族にも同じ優遇を約束してくれた。これで俺は、働きながら母さんの病態を逐一知ることができる」

「そのためにアスアさんを売ったってわけ。上に虚偽の報告をしてまで」

軽蔑を込めて言って、言い過ぎたような気がして言葉を探す。

「そうか、そのために塩活援護隊に入ったんだね。医者になるために上京したはずなのに、おかしいと思ってたんだよ。大義もなにもないわけだ」

前の言葉を打ち消すつもりで喋って、ますます取り返しのつかない局面へ転がってゆく。

「お母さんを護るためなら、なんでも許されるんだね。見損なった」

言葉が刃のように、二人の仲を切り裂く。

「俺が護りたかったのは、市民じゃなかったのかもしれないな」

ライトの眼差しに、胸倉を摑む手は緩んだ。その手を振り払い、ライトは塩活援護隊の本部を出て行った。

ライトは、故郷の町で一番大きい病院の院長の息子だった。当然のように町で一番裕福で、定めであるかのように学校で一番成績がよかった。その属性と鼻持ちならない態度が原因で、ダイナの記憶にある限り、ライトはいつもひとりだった。授業はほとんど聴いていなくて、心ここにあらずといった様子で、つまらなそうに窓の外の山々を見ていた。物憂げな雰囲気が一定の層の女子には人気があって、ダイナが所属していた空手部の後輩などは時々色めきたって噂していた。

まだ暑さの残る日の昼休み、ダイナは誰もいない渡り廊下にライトを呼び出して空手部の後輩に頼まれていたラブレターを差し出した。

「受け取れない」ライトは端的にラブレターを拒絶した。

「どうして」

ダイナは頼まれごとを遂行できないことに焦った。恋のキューピッドとしての報酬であるホイップクリームメロンパンは、既にダイナの胃の中なのだ。

ライトは意外にも、何かを言いあぐねるように目を泳がせた。

「俺には明日がない」

そう、消え入るように言ったのを憶えている。

その日の放課後、ダイナは部活を休んでライトの後をつけた。

ライトは俯き加減で商店街を歩き、町の中心地に向かう。夕方の町の喧騒のなかライトの儚げな後ろ姿はものすごく異質で、亡霊のようだった。足取りも頼りなくて、途中声をかけそうになるのを何度も堪えた。

　学校を出てから三十分近く歩いて、ライトはやっと立ち止まった。辿り着いたのは、彼の父親が経営する町の総合病院だった。

　ライトはそれこそ家に帰るみたいに何気なく病院のエントランスへ入っていった。ダイナは病院というものにまるで縁がなく、敷地にはいるのすらも躊躇った。そして自動ドアが開いた瞬間に鼻孔を突き抜けた痺れるような臭いに身震いした。

「あぁ、ライトくん。お母さん病棟移動したから、間違えないでね」

　くたびれたナース服姿の看護師が確かにそう言った。ライトは看病に来たのだ。病気の母親の。ダイナは孤高のクラスメイトの秘密を覗いた罪悪感と、メロンパンの対価との間で揺れていた。これ以上踏み込むべきか、否か。

「母さん、容態悪いの？　悪いのか？」

　ナースに対するライトの態度は、親戚の叔母さんに対するそれであった。叔母さんは曖昧に笑って、事務仕事に戻っていった。

　亡霊は重い足取りで階段をのぼっていった。会いたいのか、会いたくないのか、わからない。そんな足取りだ。

ダイナの心はメロンパンの対価としての情報を得る方へ傾いた。ラブレターを渡せなかったそれなりの言い訳を探すのだ。

透析室。

ライトが足を踏み入れたのは、そういう標識のついた病室だった。

不気味だった。壁際に幾つものベッドが並び、その脇に一つずつ、人の背の高さほどの機械が設置してある。一番奥の窓際のベッドに、女の人が横たわっていた。

亡霊の母親も、亡霊のようであった。

おそらく生前は——いや、まだ生きている——目を見張るような美人であったに違いない。神経質そうに吊り上がった眉に、憂いに満ちた青みのある瞳。親子揃って顎がすっと尖っていて、笑い皺ひとつない。

ライトは母親の横たわる隣のベッドに腰掛けて、暫く物思いに耽っていた。

ダイナはドアの隙間からその様子を暫し見て、帰ることにした。メロンパンは明日買って返そう。そう思ったとき、とんでもないものを目の当たりにして、どっと汗が噴き出した。

いつの間にか、ベッドの脇にもう一人誰かいるのだ。いや、それは人間ではなかった。黒く、実態のない靄。しかし確かにそこにあり、ゆっくりと忍び寄りやがて人間を不幸へと陥れる病魔――。

沈黙の暗殺者だ。

奴を間近に見るのは、それで二度目だった。神社でまみえたときよりも、いくらか心は落ち着いていた。ダイナはがらりと病室のドアを開け放ち、沈黙の暗殺者へ突進した。

「無病息災！」

通学鞄を振りかざし、ハンマー投げの要領で投げつけた。鞄は沈黙の暗殺者のやや頭上に逸れ、窓にぶつかった。

「お前、何してんだ」ライトはダイナに、蔑むような顔を向けた。

「何って、み、見えないの？　こいつが……」ダイナは信じられない気持ちでライトに視線を移した。

「なにが？」とライトは眉間に刻まれた皺をますます深くした。

ライトの目には、額に汗をびっしょりかき、肩で息をする気のふれたクラスメイトが映っているだけだ。母親が治療を受ける病室に突如現れた不躾な輩……当然と言えば当然の反応である。

そうしているうちに、沈黙の暗殺者は姿を眩ませた。ダイナは狭い病室でぐるぐる回って、壁やら天井やらを見渡した。

「ねぇ……あなたのお母さん、病気？」

「見ればわかるだろ」

沈黙の暗殺者は病気の人のところに現れるのか。沈黙の暗殺者が現れたことが、病気であることの証なのか。とにかく自分の祖父のときと同じだ。沈黙の暗殺者は、病人を死へと誘う。

「あなたは？」

ダイナの問いかけに、ライトは答えなかった。しかしダイナは知っていた。沈黙の暗殺者はあの日、祖父だけでなくダイナにもその魔の手を伸ばしてきた。病気であろうとなかろうと、ライトの身も危険だ。

「逃げよう」とダイナはライトの腕を引くが、ライトは忌々し気にその手を振り払った。

「さっきから何言ってんだよ、お前」

「ここにいたら一緒に狙われる。病気になるんだよ」

「感染症じゃないんだから、一緒にいて罹るわけがないだろう。出て行けよ」

ダイナは絶望的な気持ちになった。どう説明すれば彼が病気の母親を置いてこの病室を離れ、二度と一人では近づかないと約束してくれるだろう。

——護らなければ。

そう思ったのは、自分でも意外だった。同じクラスの男子というだけの関係性で、こうも内側から奮い立つものがあることに、自分でも驚いていた。何もわかっちゃいない頑固そうなクラスメイトを奴らの魔の手から護るためには、戦うしかない。しかしダイナは今、武器といえるものを持っていなかった。鞄は投げっぱなし。病室にはなにもない。刃物などを制服に忍び込ませておくべきだった。今度からはそうだ、金属バットでも持ち歩こうか。取り急ぎ、ダイナは空手の構えをとった。

「なにが……いるんだ……」

ライトの青みのある瞳に影が映った。ライトは立ちはだかるダイナの背中から、沈黙の暗殺者の黒い裾のあたりに目をやっていた。このときライトには、なにも見えていなかったはずだ。それでも、沈黙の暗殺者の醸し出す禍々しい雰囲気は感じ取っていたのかもしれない。

「こいつらは、私の大切なものを奪っていく。だから戦って、護らなきゃいけない」

ダイナはスカートのポケットから、祖父からもらった『無病息災』と書かれた護符を取り出した。

「お守りをあげる。これがあれば病気にならないから。逃げて」

「母さんを狙ってるのか」

「お母さんはとっくにやられてる。だからそんな風に動けずにいるんでしょ。こいつは、あなたを狙ってる」

「俺を殺しに……きたのか」

ライトは意外にもすぐに落ち着きを取り戻した。まるで、こうなることを予期していたかのように。

「母さんの病気は遺伝だ。婆ちゃんもそうだった。俺もいつか病気になることは決まってる」

ライトはダイナの後ろで、静かに言った。ダイナはなぜだか無性に腹が立った。何も知らないくせに、何もかも分かりきっているような口ぶりが、気に入らなかった。

「この優等生が！　いい子ぶって、なんでもかんでも受け入れるな！　そういう気持ちがこいつらを呼び寄せるんでしょ！　『病は気から』なんだよ」

怒りに任せて暗殺者に蹴りを食らわせ、沈黙の暗殺者の肉片が飛散した瞬間を狙ってベッド脇からすり抜けた。ライトのシャツを摑んで乱暴にひくと、今度は素直に応じてくれた。

「走って！」

足を縺れさせながら、ライトは部屋の出口に向かった。

「お前は……」

病室の戸に手をかけて、ライトは立ち止まった。

「大丈夫。私、風邪ひかないから」

沈黙の暗殺者がもう一体、開け放たれた窓から滑るように侵入してきた。要領は掴んだ。懐でも、鳩尾でも、要は急所に一発食らわせればやっつけられるのだ。大丈夫。自分ならできるはずだ。あのとき助けてくれた黒いジャケットの塩活援護隊員のように、誰かの明日を護る人でありたい。

そうやってひとり奮闘するダイナを、ライトは病室の床にへたり込んで見上げていた。

帰り道、ダイナはライトと並んで歩いた。もう暗いから送る、というのだからダイナは笑ってしまった。あの戦いを見たあとで、一体どんなことがダイナの身に起こると心配しているのだろう。

る。


「医者になるの?」

「それまで生きてたらな」

風は湿っていた。汗を吸ったセーラー服が気持ち悪くて、そのことはよく憶えている。


「母さんはあと十年持たない。婆ちゃんも同じように死んだ。俺もいつか同じ病気になるから。どうせすぐ死ぬのにって思ったら、どこまで努力できるかわからない」

「ライトがヘタレなのはよくわかった。いいよ。ずっとそうやってうじうじしてなよ」

沈黙の暗殺者を一人で殲滅できたことで、少なからず自信が芽生えていた。塩活現場で脚光を浴び活躍する自分の姿が、脳裏にありありと浮かんでいた。

「私は塩活援護隊にはいって、いつか全ての沈黙の暗殺者を殲滅する。そしたら病気にもならないでしょ。だからそれまでは生きて。私がいるから大丈夫」


それからライトは人が変わったように学校生活に溶け込み始めた。あと半年で卒業というころだったので滑り込んできたと言ってもいい。ダイナが熟睡していて聞いていなかった授業のノートを写させてくれたし、テスト前には数学を教えてくれた。

高校最後の文化祭にも参加して、実行委員に立候補したときにはクラスのみんなが驚いた。全体の指揮を執りスケジュール調整と会計と渉外を請け負い、クラスメイトの部活とバイトを鑑みて的確に仕事を割り振ったときには、みんながライトを「兄貴」と呼んだ。しかし人への要求が厳しく、定めた成果をあげられないクラスメイトにつきっきりで指導を施し、その完璧主義に恐れをなしたみんなはやがてライトを「軍曹」と呼ぶようになった。特にダイナは与えられたタスクにぎりぎりまで手を付けない癖を露呈させ、常にライトに首根っこを摑まれていた。その様子を見たみんなはライトの呼び名を「おかん」に変えた。

粉雪の舞う寒い日、ライトはダイナでも知っているような有名な大学の医学部にいとも簡単そうに合格した。そして桜のつぼみがふくらみ始めたころ少ない荷物を持って上京していった。こんな田舎町からそんな大学にいく人なんてそうそういないもんだから、町の誇りだと言ってみんなが褒め、傍ら裏口入学じゃないのかと冗談交じりに笑っていた。しかしダイナは笑う気にならなかった。ライトが血眼になって過去問を分析し、傾向と対策をとり、執拗なほどにイメトレと下見を繰り返していたことを知っていたので、定めた目標を我が物にしようとするその粘着体質にむしろ寒気すら覚えていた。たとえその年不合格だったとしても、何年かけても同じ目的を達成しようとするだろう。狙った獲物は逃がさない、というよりも、スッポンのごとく放さない人間なのだ。

だから塩活援護隊の入隊最終面接で隣にいたライトに「よぅ」と声をかけられたときには、椅子から飛び上がるほど驚いた。いつのまにか医学部から健康学部に転部していて、他の多くの四年生と一緒に就職活動をしていたのだ。

「ライトはどうして医者になるのをやめたんだろう。福利厚生に頼るより、自分がお母さんの治療に携わるほうがいいと思わない？」

ダイナは枕の上で頬杖をついた。

「熱心にスカウトされたんじゃないの。あんただってアスア指揮官のコネ入隊なんでしょ。もしくはこう……どうしようもなく過保護ってことかもね」

塩美はダイナと同じ体勢で、フェイスタオルにくるまっていた。ダイナが不可解そうな顔をすると、長い睫毛に縁取られた大きな目をこちらに向けた。

「ほら、あんたが敦夫の家で正体もなく酔いつぶれた日があったでしょ」

塩美に見上げられ、「あったかな」ととぼけた。サイドテーブルに置いてあるホットココアに手を伸ばす。

「あの日、部屋までダイナを運んでベッドに寝かせてから、ライトのやつなんて言ったと思う？　ダイナに余計なことを吹き込むなよ、ですって」

ダイナはココアを口に含みながら、へぇだか、ほぉんだか相槌をうった。

「まるでうちの嫁に、とでも言うような。いやあれはうちの子に、って感じかしら」

空手の大会でもらった固いフェイスタオルのなかで塩美はくつくつと笑った。

真面目なライトと不真面目な塩美。規則に実直に生きる完璧主義男と、栄養の精だとかいうこの上なく曖昧な存在。二人が繰り広げる嚙み合わない会話を思い描いてみて、どうにも笑いが込み上げてきた。

「あんたの言う大事なものってのは当然、ライトのことも含まれているんでしょ。似た者同士よね、案外」

「どうかな」ココアを飲み干してサイドテーブルに戻す。就寝直前に糖分をとるなど塩活援護隊にあるまじき行為だが、塩美はなにも言わなかった。

代わりに「良いことを教えてあげましょうか」と笑ってタオルを引き寄せる。

「女は目を見て噓をつく。男は目を見ず噓をつく」

四、輝く明日をあなたに

あくる日から、塩活援護隊は担当市民に管理栄養装置を分配するのに明け暮れた。ダイナも例外なく、装置の使い方と効用を説明して回った。

「これをずっと着けるのか」高杉はダイナの渡した赤いステンレス製のブレスレットを訝し気に見た。

「はい。どちらかの腕に着けてください。体内の栄養状態の分析値が算出され、その健康状態のデータは私の方にも送られてきます。少しでも異変の予兆があれば警告がでるようになっていますので、すぐに駆けつけます。高杉さんは最近素晴らしく自立した塩活が行えているので、警告が出るようなことはないと思います。ブレスレットは結構……似合うと思います」

得体の知れない装置を装備することに、高杉は気が進まないようだった。ダイナもダイナで元来、嘘をつくのは苦手だ。自分でも信頼していないような如何わしい商品を高齢者に勧めるというのは後ろめたくて仕方がない。

　ダイナがしどろもどろになって管理栄養装置の性能を説明すると高杉はお前が言うなら、とブレスレットを腕に通してくれた。高杉が鏡の前でポーズをとる様を見ながら、ダイナはここまで二人の間に築き上げられてきたなにかが崩れていくような感覚に陥っていた。どんなかたちの塩活援護が高杉のことを幸せにするのか、確信が持てなくなってきていた。自分は今、市民に対して誠実と言えるだろうか。市民を護る資格はあるだろうか。

　高杉のブレスレットが赤く怪しい光を放ちそれに呼応するようにダイナのタブレットに数字やグラフが映し出された。高杉が部屋のなかを少し歩くとその速度、歩数、消費カロリー、血圧、血中酸素濃度が更新されてゆく。

「最後になりますが、尿はこちらの採尿ボトルへお願いします」

「毎日、全部か?」

「ええ、毎日。全部。一滴も残らず。瞬時に測り終えますので」ダイナが採尿ボトルを渡すと、高杉は心底嫌そうな顔をした。

「尿は嘘をつきませんから」

　高杉をなだめるように言った言葉が、新しい決め台詞としてリビングに虚しく響いた。

毎日オフィスでキーボードを叩いているだけで、担当市民の健康データは蓄積されていった。実際に家に赴いてヒアリングするよりもずっと正確に身体の変化を読み取ることができる。

塩活援護隊の働き方には変革が起きた。数値の推移に異変を感じたときにだけ、市民宅へ顔を出せばよいのだ。司令部からの急な出動要請もないし、時間外労働もない。実に健康的な働き方だ。どたばたと忙しなく、一時間と席に座っている者がいなかった隊員たちは、いまや尻に接着剤でも付けられているのかというくらいに椅子に深く腰かけ、画面上のなにかを見ている。

ダイナも他の隊員と共にパソコンの画面にのめり込み、市民の尿の数値をチェックする毎日を過ごした。排尿に含まれるナトリウムとカリウムの比率を計算することで、摂取した塩分とそれを体外へ押し出すための野菜をどの程度食したか観測することができる。

ダイナの担当市民の健康数値はどの項目も軒並み良好であった。指示された食品を指示された方法に則り調理し、決められた運動を決められた量決められた時間に遂行し、決められた時間に寝て決められた時間に起こされる。そんな風にして過ごす市民はみるみるうちに健康になっていった。少し正常値を離れただけで自身の腕についている管理栄養装置が作動し警告を出す仕組みになっているのだから、市民は嫌でも食事を制限せざるを得ない。嫌でも、健康にならざるを得ない。

さらに言えば登録市民は外食ができなくなった。レストランでハンバーグを食べようものなら、推奨摂取塩分を超えた時点で管理栄養装置が火災報知器の如く唸り、食事に全く集中できなくなってしまうのだ。健康防衛省から駅までの間に軒を連ねていたラーメン屋などはシャッターを下ろし、いつの間にかコインランドリーに変わっていた。管理栄養装置が警告をださないヘルシーな食事をふるまうレストランが流行ったが一過性のもので、やがて市民の外食の機会は減っていった。

沈黙の暗殺者の目撃件数はめっきり減少し、多くの登録市民の健康データは改善の一途をたどった。管理栄養システムの導入は大成功と言えた。

市民の家を訪問したり、連絡を入れたりすることは最早無用であった。そっとしておけば、市民は健康になり、幸せになる。

ダイナは時間を持て余すようになり、あまり深いことを考えずにテレビを見ていることが多くなった。勝手に流れてゆく騒がしい映像を、特に意味もなく眺めていた。残業も出張もなくなって時間はたっぷりあるはずなのに、不思議となにをする気も起こらない。あんなにも市民の健康を願っていたのに、市民が健康になると仕事がなくなるというのは皮肉なものだと、ダイナは思った。

筋肉が衰えてゆくのが怖くてその日ダイナは終業後、庁舎のトレーニングルームへ向かった。

ダイナは準備運動もそこそこにランニングマシンに飛び乗り、速度を上げるための三角形のボタンを考えなしに押しまくった。八、九、十、十一……時速十二キロになったところでほとんど全力で走るほどの速さになった。ダイナは走った。回転するゴムの上で、同じ場所に留まりながらとにかく走りまくった。『心拍数上昇』。手首の管理栄養装置が咎めるように何か言った。

ダイナは走りながら、アスアのことを思った。彼女は今なにを思うのだろう。アスアは塩活援護隊の指針であり象徴であった。こんな風に全力で走っていればいつか追いつけるはずの目標だった。見失うはずのない目標であった。眩しいほど輝いていた目標はいつの間にかすげ替えられ、今目の前には正しくて合理的で無機質な目標数値がそびえ立っていた。決まった業務を滞りなく遂行する、金太郎飴のような毎日が横たわるだけだった。前にも後ろにも動けないような日常に、ダイナはすっかりはまって動けなくなってしまった。

ランニングマシンというものは多分、全力疾走する人のためには用意されていない。隣で時速六キロのジョギングをしていた別の部署の職員が、マシンをがたがた揺らすダイナを引きつった顔で見て、別のマシンへ移動した。『心拍数上昇』。ミラー張りのトレーニングルームではいやでも、走っている自分の姿を見ながら走ることになる。わけがわからない程苦しそうな形相で迫ってくる自分の顔を見ながら走った。足が速すぎて、マシンについているモニターにぶつかるすれすれのところまで来ている。『心拍数上昇』。スポブラにロングスパッツといった際どい恰好――なぜシャツとズボンを着ないのか――をした三人組の女性職員が後ろ指を指しているのが見えても、モップを持った管理人がちらちらと視線を寄越しても、どうでもよかった。誰にも邪魔されたくなかった。走っている間は、なにも考えなくてすんだ。走って走って、ありもしない目標を追いかけた。ひたすら走り続けた。

『心拍数上昇、二酸化炭素増加。水分、ナトリウム、ミネラルを補給してください』

「うるさいな！」

管理栄養装置に気を取られ、ランニングのリズムは崩された。速度を落とそうとして慌てて前に手を伸ばすが身体は機体からどんどん離れてゆく。ランニングマシンの音なのか、管理栄養装置の音なのか、ピピピピとけたたましい警戒音が鳴り響く。横に伸びたアームに捕まってマシンから落ちないようになんとか足を前に送るが、ゴムの回転が速過ぎて間に合わない。ダイナはマシンから押し出されてジムの冷たい床の上に転がった。塩美が緊急停止ボタンを押してやっとゴムの回転は弱まり、しゅんしゅんと静かになってゆく。

『心拍数上昇、二酸化炭素増加。水分、ナトリウム、ミネラルを補給してください』

「もぉ〜、なにやってんのよ」と塩美が呆れ顔でスポーツドリンクを抱えて飛んできた。

『水分、ナトリウム、ミネラルを補給してください』

荒い呼吸に合わせ、ぴかぴかに磨かれたトレーニングルームの床に鼻先から汗が滴り落ちた。その汗が乾いてなくなる前に、また一滴、同じところに汗が落ちる。気付けば全身、滝のように汗をかいていた。汗が睫毛を通り抜けて目に入り、ひりひりと眼球を脅かす。受け取ったドリンクを喉から流し込むと身体中の細胞がスポンジのように潤いを吸収していった。あれだけやかましかったアラームは嘘のように静かになった。

『水分、ナトリウム、ミネラル、正常値に達しました。運動を続けてください』

今度はしきりに走らせようと急きたてた。管理栄養装置にとっての正義とはただひとつ、生体機能を一定に保つ恒常性の確保なのだ。身体に負担のかかる急激な変化は全て悪。健康を保つためには多量の養分を摂取することはもちろん、急に走り出すことも、急に立ち止まることも許してはくれない。

『水分、ナトリウム、ミネラル、正常値に達しました。運動を続けてください』

抑揚のない声に促され立ち上がった。健康のためだ。健康な身体を手に入れるためだ。

『水分、ナトリウム、ミネラルを補給してください』

水を飲む。

『水分、ナトリウム、ミネラル、正常値に達しました。運動を続けてください』

走り出す。

『水分、ナトリウム、ミネラルを補給してください』

水を飲む。

『水分、ナトリウム、ミネラル、正常値に達しました。運動を続けてください』

「私に、命令しないで！」ダイナは赤いブレスレットを取り外し、鏡張りの壁に投げつけた。人々の視線が、ダイナの背中に突き刺さる。

——健康健康と脅される毎日なんざちっとも幸せじゃねぇ。

出会って間もない頃の、高杉との記憶が立ち上がった。高杉はどうしているだろう。元気に過ごしているだろうか。幸せに暮らしているだろうか。輝く毎日を送れているだろうか。そう思うと居ても立ってもいられなくなった。ダイナは明日、高杉のもとを訪れることに決めた。


事前に高杉宅に電話をかけると妻・啓代の携帯電話へと転送された。娘夫婦はでかけていて、啓代はこれから箱根へ女子旅に行くところだという。

「ピーピーピーピー、あの人の腕の装置が煩くて。家族みんなノイローゼぎみでね……まるで一日中生活を監視されているみたいな……少し距離をとりたいというのが本当のところなのよ」

夫は家にいるから、自炊の指導をよろしくとのことだった。ついでに、あの人は箸の場所も缶詰の開け方も知らないだろうからと愚痴が加えられる。

高杉家に着くといつも駐車されている乗用車がなかった。娘夫婦のおでかけというのは車でいく場所らしい。お腹の大きくなった妊婦がいればそうなのかもしれない。啓代の方は今頃、箱根へ向かう特急ロマンスカーの窓際で優雅に過ごしているはずだ。

インターホンを三度押しても、高杉は顔を出さない。ドアに耳をつけても人の気配はしなかった。

「倒れているんじゃないでしょうね」

孤独死――塩美が変なことを言うせいで、不吉な言葉がダイナの頭を過った。高杉は今、放置された孤独な人間同然だ。一人で米を炊くことも茶を淹れることもできない初老の男……得意料理はカップラーメン……沈黙の暗殺者が見逃すはずがない……。

ダイナの気持ちは急いた。

「高杉さん！　高杉さん！」玄関の扉を叩いて叫ぶが、反応はない。

「ダイナ！　こっち！　窓が開いてるわ」

塩美に呼ばれて庭を回ると、大きな出窓が開け放たれたままだった。カーテンを開けると、いつも高杉と晩酌を交わしているダイニングだった。普段と打って変わって、他の雨戸は閉めきられ、室内はしんとしている。

「高杉さん、いないんですか？」ダイナの声は虚しく響いた。掛け時計の秒針がこつこつと音を立てる。

『装置が、外れています。装置が、外れています』

ダイナは肩を震わせた。暗闇に目を凝らすと、小さな赤いランプが点滅している。

管理栄養装置のブレスレットだ。

「遅かった」ダイナは高杉家の敷地を飛び出し、家の前の道路を見渡した。高杉はやはり、管理栄養装置の束縛を拒絶した。あの無機質な装置がもたらす脅迫まがいの愛情に耐えることができなかった。

高杉の自宅から少し歩けば、軒先に赤提灯の下がる飲み屋が並ぶ通りにでる。今日は金曜日。駅に近づけば近づくほど、賑わいは増してゆく。

ダイナは走った。酒好きの高杉のことだ。管理栄養装置から解き放たれたその勢いで駅前の飲み屋街へ飛び出したに違いない。もう三ヶ月近く飲み屋には行っていないはずだ。相当ハメをはずすつもりだろう。

「ダイナ、あれ!」

塩美の指す方を見ると、見慣れた丸まった後ろ姿があった。高杉は赤提灯の怪しげな明かりに誘われるように、駅前の飲み屋街へ吸い込まれていった。どこか行きつけの小さな飲み屋で、一人しっぽりやるような雰囲気だ。

丸まった背中を追いかけ、小さな路地を曲がりはたと足を止めた。高杉が入っていったのは飲み屋街ではなかった。

目の前にあるのは朱色の暖簾に白い文字。ラーメン屋だ。最近すっかり見なくなったラーメン屋が、煌々とあかりを灯して元気に商いをしていた。見回してみると、そこかしこに朱色の暖簾がかかっていた。ここは活気と賑わいに満ちたラーメン街なのだ。アスアが失脚しトオルの指導のもと管理栄養の思想が世の中に台頭した今、ラーメン屋は塩活援護隊の包囲網から逃げるようにしてこの下町の飲み屋街の裏の暗がりに身を潜めていたのだ。

あろうことか高杉は、ラーメン屋の暖簾をくぐっていった。店先の四角い看板の上には巨大なラーメンの模型がそそり立っている。箸が麺を掴みそれが自動で上下するというパフォーマンスつきだ。

「あら、粋じゃない」と塩美は躊躇うことなく店に入っていった。まるで通い詰めた馴染みの店であるかのように自然な所作で。

ダイナの額には脂汗が溜まった。

ラーメン……大きな丼に味の濃いスープを並々に注ぎ、一玉の中華麺と、具としてチャーシュー、メンマ、海苔などが加えられる麺料理。というのは机上で得た知識で、ダイナはいままで一度もラーメンを食べたことがなかった。一杯当たりの塩分量は非常に高く、塩活援護に従事する者として最も忌むべき料理であるように思っていたのだ。

「どうしたの？　女一人でラーメン屋に入れないなんてつまらないこと言わないわよね」

塩美は暖簾から顔を出し、入口でまごつくダイナを見て眉を寄せた。

「チャーシュー丼もあるから、安心しなさい」

塩美に手招きされ、ダイナは初めてラーメン屋の暖簾をくぐった。

ラーメン屋の第一印象はこうだ。いい匂いがする。次に、暑い。そして床がべたついている。

カウンターに座る高杉の姿が見える位置のテーブル席に身を滑らせ、ダイナはメニューを探した。

「こっちよ。券売機で食券を買うのよ」

ダイナは塩美の指示に従い、ラーメンの麺の硬さ、量を選択し、トッピングに卵を追加して店主に手渡した。バンダナを巻いた店主が「醤油いっちょー！」と叫んだかと思うと、カウンター内にいた青年たちが一斉に「あっしたー」と呼応した。

高杉にばれやしないかと肝を冷やしたが、高杉は差し出された丼をほくほく顔で受け取っているところだった。塩の精が数匹、高杉の周りに群がる。

――塩分量、六・一グラム……一日の推奨摂取量、大幅に超過……。

　ダイナは腰を上げたが、ラーメンの湯気を浴びて眼福そうな顔をする高杉を見て何も言わずに腰を下ろした。そうこうしている間にダイナの前にも「っしたー」という声と共にラーメンが差し出され、目の前に湯気が立ち昇る。

　湯気が鼻先を温め、前髪を湿らせた。半透明の茶色いスープに浮かんだ黄色い縮れ麺、その上に色味の乏しい具が芸術的な配置で並べられている。

　ダイナはテーブルの脇に設置されている筒の箸置きから箸を抜き取り、まずは縮れ麺を一本引っ張った。麺は他の麺や具にひっかかってぴんとつんのめった。仕方なく口を麺の方へもってゆき、噛り付く。塩気が麺に沁み込み、これは確かにやみつきになりそうな後味であった。どんぶりの縁に引っかかっているレンゲにスープを浸し、麺を数本そのなかへいれ、小さなラーメンを作って口へ入れた。

　――おいしい。

　あっさりとした程よい刺激が口の中へ広がり、食欲を駆り立てた。その欲望に従い、今度は少し多めに麺を摑み顔を丼に近づけ直接啜る。縮れ麺に絡み取られたスープの旨味と塩味が交互に放り込まれてくる。なるほど麺はスープの風味を口内へ届ける媒体としてあるのだ。ラーメンの旨さ、スープにあり。昆布、鰹節、煮干し。魚介だしの奥ゆかしい旨味が眠っていた郷土の心を呼び覚ます。日本に生まれて、良かった――。

ダイナは忙しなく麺を啜りながら、横目で高杉の食事を監視した。

高杉は丼を持ち上げ傾けた。唇を萎ませ、喉を鳴らし、濃ゆいスープを取り込んでゆく。高杉の摂取塩分量はみるみるうちに上がっていった。全て飲み干し、丼をテーブルに叩きつけるように置くとぶふぅと息を吐き、今までに見たことのないような幸せそうな顔で暫し空中を見つめた。魂が抜けたように目尻をとろんと下げた様子から、おいしさのあまり天に召されたかと思われた。しかし高杉は戻ってきた。見開いた目には生気が宿り、活力を――スープに被覆された活力を――全身に漲らせているようであった。

ダイナは逡巡した。この管理栄養装置を高杉に返せば、高杉はまた、管理栄養の支配の下に戻ることになる。食べるものを指示され、食べる時間を指示され、ラーメンなど食べようものなら警告音が鳴り響き、叱責される。それは高杉にとって幸せなことだろうか。

ダイナが自分のラーメンを見つめていると、高杉は椅子をがたがた言わせて立ち上がった。店を出ていくのかと思いきや、吸い寄せられるようにまたしても券売機の列へ並んだ。

まさか、と思い高杉の元へ駆け寄った。

「だめです、高杉さんっ！　おかわりなんて……すでに一日の推奨摂取量を大幅にオーバーしているんですよ……」

高杉はシミの浮き出た顔をこちらへ向け、ダイナだとわかると怯えた獣のように身体を震わせた。

「うるさい。うるさい。もうやめてくれ。つきまとわないでくれ。もう疲れた。おれは好きなものを好きなだけ食べて死ぬ。それがおれの、幸せだ」

高杉は喚き散らして券売機にしがみついた。錆びた券売機を渾身の力で抱きしめ、場の空気を気まずくさせた。ダイナが慌てて引っぺがそうとしても離れない。

塩の精がさざめきだして、ダイナは振り返った。

沈黙の暗殺者のお出ましだ。脂っぽい壁の方からぬるりとやってきて、待ってましたと言わんばかりにその淀んだ黒い手を伸ばす。ダイナが戦闘態勢をとり、あと一歩でも近づけば飛び掛かろうというとき、カウンターからつっかかるような声がした。

「おいおい塩活援護隊のネェチャン、ここで仕事するのはよしてくれよ。とんだ営業妨害だぜ。ただでさえあんたたちお国の方針のせいで客足は遠のいてんだ」

「そうだそうだ。お前らのせいで好きなものを食べるだけなのに肩身が狭い。こっちは一日の疲れを癒しに、一杯のラーメンを食いにきてんだ。そのひとときを邪魔する気か」

ラーメン屋の店主とカウンター席の常連が口々に申し立てた。ダイナは狼狽えた。

「でもっ私は市民の健康を護るために……」

「頼んだ覚えはない。どうしようもない仕事ばかりしやがって。国は他にもっとやることがあるだろう。この税金泥棒」と客たちはダイナを罵倒した。その間にも、沈黙の暗殺者は一歩ずつ距離を詰めてくる。高杉は既におかわりの醤油ラーメンを注文し、改めてカウンターに居直していた。醤油ラーメンはあっという間にできあがり、高杉の前に差し出された。塩の精がぶわりと湧いて、高杉の周りを飛び交う。沈黙の暗殺者は歩みを早める。

「どうしたらいいの……?」ダイナは困り果て塩美を仰いだ。

「しょうがないわね」塩美は高杉の薄くなった頭に飛び乗って、ラーメンに指を向けた。「ソルティ・メルト」

塩美の手から例によって水色のキラキラビームが飛び出し、ラーメンをすっぽり包み込んだ。

「ラーメンに含まれる塩分量を減らしたわ。それから電流を通して、散らばっていたナトリウムを局在させて、少ない塩分量でもおいしく感じるようにした。塩ってのはね、凝縮されれば味の違いはさほど感じないものなのよ。塩活ステップ三、エレキソルトよ」

高杉は虫を払うような動作をしてから二杯目のラーメンにありついた。先程と同じ、至福の表情を浮かべている。

「高杉さん、高杉敦夫さん、無事ですか」

そこへ暖簾をかき分け入店してきたのは、ライトだった。店内の熱気と脂の匂いに気圧され鼻に皺を寄せる。それから店内を見回しダイナと塩美を見つけると、腰に手を伸ばし、引き抜いた光線銃を塩美に突きつけた。

「お前の仕業だな。やっぱり、塩の精なんて塩活援護隊に置いたのがまずかったんだ」

「なにしてるのライト」

ダイナは唖然として、ライトの挙動を凝視した。塩分可視化ゴーグルの奥の目は猜疑の色に満ちている。

「高杉さんの管理栄養装置が外されたと情報がはいった。俺はトオルさんから指令を受けてきた。現に今、青い光が走っただろう。塩美が高杉さんを誘惑したに違いない」

「あたしは塩分量を調節しただけよ」塩美は憤慨してライトを睨みつけた。

ライトは両手で光線銃を握り、塩美にピッタリ照準を合わせていた。

「ライト、銃を下ろしてよ」刺激を与えないようにと静かに言うが、ライトは塩美から銃口を離さない。

「なんだ、塩の精をかばうのかダイナ。塩の繁栄を許さないんじゃなかったのか。お前のじいちゃんがどうして死んだのか、教えてくれたのはお前だろう」

「じいちゃんが死んだのは、塩美のせいじゃない」

「ついに塩の精に絆されたか。当然と言えば当然だな。お前のようなドベが、塩の誘惑に打ち勝てるはずがないんだからな」

「ライト、何を焦ってるの」

「何のことだ」

張り詰めた空気のなか、ダイナはライトの横顔を見つめた。尖った顎に一縷の汗が流れる。真面目で、優秀で、できないことなんてなにもないような優等生が、唯一みせる不安げな顔。ダイナはこの顔を知っている。

「お母さんになにかあったの」

動揺したのか、琴線に触れたのか、とにかくライトは光線銃の引き金を引いた。

ダイナは両手をカウンターに伸ばし、塩美を包み込んで引き寄せた。光線はダイナの肩に直撃し、瞬間、皮膚が引っ張られるような痛みが全身を駆け抜けていった。ライトはさっと顔を青くして「あ……」と声を漏らした。その隙にダイナは体勢を立て直し、ライトの懐へ入り光線銃を蹴り上げた。さらに鳩尾に膝をめり込ませ、重心を崩したライトを思いきり床に押し倒して店を出る。「こら、店で暴れるな！」と店主の怒鳴り声がしたが構わず逃げ走り、角を曲がって姿を眩ませた。

「ちょっとダイナ、大丈夫なの。光線があたったでしょう」

手の平のなかで、塩美が心配そうにダイナを見上げた。

「どうってことないよ。ピリッときただけ」

塩活援護隊ジャケットは特別な繊維でつくられていて耐電性がある。そんなことはライトもわかっているはずなのに、ダイナに光線を食らわせて、随分酷い顔をしていた。

「ねぇダイナ。お願いだからライトとやり合わないで。あたしを庇ったりするの、やめてよ」

手の平を広げると、塩美が困ったように眉を下げていた。

「どうして」

「ライトの表情を見たでしょ。アスア指揮官がいなくなった今、隊でのあたしの立場は危ういわ。塩の精に味方してたら、あんたの出世に響くでしょ」

「相棒でしょう」ダイナは塩美の言葉を遮った。「相棒を助けて、何が悪い」

「なによ、いやらしい。しっかり憶えてるんじゃない。あんた本当は、お酒強いんじゃないの」塩美はきまりが悪そうにして、顔を背けた。

ダイナは商業ビルの非常階段を上って、もといたラーメン屋を見下ろせる位置へ移動した。高杉がライトと他の隊員たちに挟まれて、まるで捕虜のようにどこかへ連れていかれようとしているところだった。

「どうするの、ダイナ」塩美がダイナの顔を覗き込んだ。

ダイナの脳裏に、ラーメンの汁を飲み干したときの高杉の至福の表情が蘇る。

「管理栄養装置が市民の笑顔を奪ってる。トオルさんを探そう。あの人と話さないと」

完全なはずの管理栄養システムの歯車が狂いだしている。なにかが、崩れ始めている。

「私たちが迷っていたらだめだ。嫌われても、疎まれても、私は高杉さんの健康を護る。それが高杉さんの幸せに繋がる。そう信じて、貫き通すしかない」

「嫌われても、疎まれても、か。やっぱりあんたは、正義の味方なのよね」

塩美は呆れたように笑った。ダイナは走って健康防衛省へ戻った。

厳めしい門を通って、健康防衛省の各庁舎が見渡せる広場まで来た。およそ人間味のない数十の建築群がダイナを見下ろしている。既に夜は深まってきているが、所々フロアから明かりが漏れている。健康防衛省に働く人々は皆、今日の仕事が市民に幸せをもたらしたと胸を張って言えるのだろうか。目の前のタスクに忙殺されてなにか大事なものを置いてけぼりにしていないだろうか。

「トオルさんは……どこにいるんだろう」

「あんた分からずに走ってたわけ」

しらみつぶしに一番近くにあった階層の低い建物へ飛び込んで標札を見ながら廊下を駆けた。官能評価室、物性測定室、調理試験室……。

「調理試験室……ダイナ、あたしに考えがあるわ」廊下の途中で塩美がぐいと、ダイナの髪を引っ張った。「こういうのは裏で糸を引いているやつをとっ捕まえないと」

調理試験室は学校の家庭科室のような、蛇口やコンロのついた作業台が幾つか並ぶ部屋だった。四つん這いになって忍び込み、作業台を覗くと、あらゆる栄養の精が仕事をしていた。抱えていた卵をボウルに落とし込んだり、自分より大きなヘラで野菜を炒めたり、鍋の下を覗いてコンロの火の具合をみたりしている。

「ここが……栄養界……」

「なに寝ぼけてるのよっ。人間もいるでしょ」

作業服を着た人間たちは、髪の毛を帽子のなかにいれて、栄養の精たちとなにか話し合いながら料理をつくっていた。グルタミン酸の量を調整……油分の測定を急げ……というのが聞こえる。

ダイナは塩美の指示に従って四つん這いのまま床を進み、気付くとポテトフライヤーの傍まできていた。

「しょっぱいフライドポテトの時代なんて、もう終わりなんですよぅ。これからは、あまーいフライドポテトの時代がきますから。私たちコンサルタントの言う通りにしてくださいよぅ」

聞き覚えのある甘ったるい声がして顔を上げると、そこにはピンク頭の砂糖の精、蜜子がいて、意気揚々と人間たちに指示を飛ばしていた。

塩美はキッチンの上に飛び上がって、まな板の上に仁王立ちした。「蜜子、ちょっと顔貸してくれない」

蜜子は塩美の姿を見て目を細めた。

「あら先輩、どうしましたか。塩活援護隊のお仕事は順調ですかぁ」

「トオルが……いや、トオルに出資したヒューマンバスターズが一体なにを企んでいるのか教えなさい」

蜜子は口に手をあててうふふと笑った。

「嫌だなぁ、先輩。言えるわけがないじゃないですかぁ。もう営業のイロハも忘れちゃったんですかぁ。交渉には対価が必要なんですよぅ。公務員の薄給で何が払えるっていうんですかぁ。それともまさか塩活援護隊にはボーナスがでるとでもいうんですか？」

「……ボーナスなら来月でるわ」塩美の言葉に、蜜子は驚愕した。

「そんな……塩美先輩は、転職して所得も待遇もあがったというんですか？　キャリアアップに成功したと？」

「そうよ。今時、終身雇用なんて流行らないわ。あたしはどこにいっても力が発揮できるように自分を磨いてきたの。会社はあんたのことを護ってはくれないわよ。悪いこと言わないから、キャリア設計を見直したほうがいいわ」

「でも……」と蜜子は悔し気に口をへの字にした。

「あたしのボーナスから、業務委託料を支払うわ。日給一万円で雇われてくれない？」

「日給、一万円」と蜜子は生唾を飲み込んだ。

ダイナは首を傾げ、ヒューマンバスターズ㈱の給与水準を慮った。

ダイナと塩美と蜜子の女子三人は、健康防衛省から数分歩いたところの小さなパンケーキ屋でミーティングを始めた。

ロココ調の小物で溢れかえる、ごてごてしたカフェ、なのだが、塩美と蜜子が揃っていると幼気な妖精に相応しい背景セットのように思えるから不思議だ。運ばれてきたティーポットを協力して二人で持ち上げる様子なんかは、可愛らしくて思わず魅入ってしまった。

蜜子が基本給に追加で情報料を請求してきたので、ふわふわスフレパンケーキブルーベリー添えを一人分頼んで貢いだ。蜜子は満足そうにパンケーキをちぎってはその小さな口に頬張った。

三枚に重なったスフレパンケーキを見ていると涎が溜まってくる。濃厚なバタークリーミーなホイップが乗せられ、メープルシロップがふんだんにかけられている。若者の間で人気の一品だ。

「ひとりじゃ食べきれないから、食べていいですよぅ」と蜜子に促され、ダイナは涎を拭った。これは仕事だが、相手は客じゃない。健康志向を魅せる必要はないのだ。

「じゃあ一口だけ……」とナイフとフォークを手に取って、三段一気に刃を通し、一口サイズに切って口に含んだ。

「あまい」ついつい顔が綻んだ。ほっぺたが落ちそうになって、両手で押さえて堪能した。

「パンは潰せば小さくなるのでゼロカロリーなんですよぅ」

「ゼロカロリーなら大丈夫だ」

これで後々罪悪感に苛まれることになるのだが、蜜子に背中を押され二人で甘いパンケーキを平らげた。塩美は頬をひくつかせ、シロップのついていないブルーベリーを摘まんでかぶりつく。

最近脂山部長の加齢臭がひどくてぇ、と蜜子は口の周りのホイップクリームを拭いながら職場の愚痴を喋り始めた。脂山部長……というのはやはり脂質の精なのだろうか。

「それでC子がずっと、スメハラだって、怒ってるんですよぅ」

C子……もしかすると、ビタミンCの精のことかもしれない。ダイナは自分の知らない塩美の世界のことを思った。塩美にも、仲のいい友達がいて、たぶん家族もいて、置いてきた恋人がいるのかもしれない。不意に、塩美はいったい、いつまで自分のそばにいてくれるのだろうかと考えて心許ない気持ちになった。

「トオルとそちらの元指揮官は昔できてたって本当ですかぁ」

会話についていけないダイナに気を遣ったのか、蜜子は突然ダイナに話題を振った。

「昔のことなんて知らないよ。白蕨さんとは今年入隊して初めて会ったんだから……」

入隊して初めて……いや、トオルとは、以前にどこかで会ったことがあるはずだ。本部で最初に見かけた日に、そう感じたのだ。一体どこだっただろう。

「でもまぁ、塩活援護隊は色恋には厳しそうですもんねぇ」

「……あんたたち口に泡がついてるわよ。それより早く仕事の話をしましょうよ」

セットドリンクをキャラメルホワイトモカにしたダイナと蜜子に冷めた視線を向け、塩美が切り出した。

「わかりましたよぅ。パンケーキ分の情報は提供します」蜜子はナプキンで口を拭った。「ヒューマンバスターズは人間の性質をよく分かっているんですぅ。人は誰かに見られていないと悪さをする。禁止されたものは食べたくなる。我慢して我慢してついに解放されたときが一番、自由を実感できる。人間をひとり残らず生活習慣病にするために、長年そういう知見を蓄積してきたんですぅ。なんでそんなこと、主任の私が知っているかって？　脂山部長が酒の席でべらべら喋っていたんですよぅ」

「そんなの、塩活援護隊が黙ってない」

「黒椿アスアはもういない」

蜜子の口調は突然つめたくなった。

「黒椿アスアのいない塩活援護隊なんて、ネタの乗っていない寿司、いえ失礼。イチゴの乗ってないショートケーキみたいなもんです。彼女がいなけりゃ塩活援護隊なんてのは、健康が取り柄のただの無能集団。彼女の座を狙う小賢しいやつをちょっとそそのかせば、隊は簡単にこっちのおもちゃに早変わりってわけですよぅ」

「お前たちの入れ知恵だったんだ」ダイナは憤慨して蜜子を睨みつけた。

「悪く思わないでくださいよぅ。私たちはサラリーマンなんですから。私の上には部長がいて、部長の上には経営層、その上には株主がいる。皆来月の給料と保身のためにあくせく働いているのであって、だぁれも悪いことをしているつもりはないんですよぅ」

蜜子はティースプーンを全身でつかってキャラメルホワイトモカをかき混ぜながら言った。

「塩美先輩はわかっているでしょう。うちの会社が、どういう会社なのかなんて。こんなのはまだまだ、序の口ですよぅ」

「トオルさんの目を覚まさせないと」

ダイナが立ち上がると、蜜子は零れ落ちそうなくらいに大きな瞳をゆっくりダイナへ向けた。

「技術開発局の研究室は、地下にあります」


「こっちです」と蜜子が先陣を切った。技術開発局の本部は塩活援護隊本部と同じ敷地にある汚れたビルだった。闇夜に紛れ、ダイナと塩美は蜜子に続いた。一人の人間と、二匹の妖精の影が月明かりに照らされ移動する。

「ここが研究棟の裏口」

蜜子は鉄製のドアの前で止まった。ダイナがドアノブに手をかけるが鍵がかかっていて、よく見るとノブの下にはキーパッドが添えられている。暗証番号は、とダイナが問うが、蜜子は肩をすくめた。試しにドアを何度か蹴りつけてみても、鈍い音がするだけでびくともしない。

「他に入口はないの。排気口とか……」

「人間が通れる排気口なんかありませんよぅ。漫画の見すぎです」

「どいて」塩美が小さな両手の平をドアにつけた。「ソルティ・メルト」

金属性のドアは一度水色に光り、そのあと徐々に赤茶色に染まっていった。赤く染まった端から、金属がボロボロとくずれ始める。

「腐っていく……」

「腐っているのではなく、錆びているんですよぅ」蜜子は塩美のことはなにもかも知っているとでも言うように、腕を組んだ。

「ダイナ、これで蹴り破れるわ。やっちゃって」

ダイナはドアから距離をとり、塩美が触っていたところに思い切り蹴りをいれた。錆びたドアはもろく、ダイナのひと蹴りで音を立てて崩れ落ちた。

「言っておくけど、こんなのバレたらあたしたちクビよ」ガラガラと崩れてゆくドアの前で、塩美はため息をついた。

「ひよってるの。らしくないね」

「キャリアに傷がつくわって言ってんの」

通信機についている細い電灯をたよりに、暗い廊下を早足で歩く。廊下には窓がなく、冷たい空気が充満している。化学制御実験室、微生物実験室、放射線技能実験室を通り過ぎ……何度か角を曲がると、中央階段へ続く廊下へ辿り着いた。次の角で階段だというとき、ダイナの顔に懐中電灯があてられた。あまりの眩しさに、ダイナは思わず目を瞑った。

「お前、ここで何してる」

見回りの守衛だ。守衛はダイナの服装と隊章を見て訝しんだ。

「塩活援護隊か。こんな夜中にどうした。誰とアポを取ってる」

「……白蕨さんに……技術開発局の研究室に呼ばれて」ダイナは咄嗟にでたらめを言った。

「あの変わり者の男か。今内線で繋げるからここにいろ。研究所はな、機密情報に溢れてる。危険な装置もたくさんある。うろちょろしちゃいかんぞ」

「いや、あの……」と口ごもりながら、この守衛をどう気絶させようか頭を巡らせた。急所の位置を確認し、よし鳩尾に一発お見舞いしようと構えたとき、甘ったるい声が廊下に響いた。

「シロップ・ドロップ」

するとと守衛は吊り上げた眉をとろんと下げ、急にしまりのない顔になった。

「……なにかいい匂いがするな。こう甘い……ハチミツのような……パンケーキかな。いや、ドーナツか。夜勤用の差し入れだ。おい、今日はもう頑張ったから少し休憩にしようぜ」

守衛は入口のところにいた仲間に声をかけ、どこかへ行ってしまった。その隙に、ダイナは中央階段へ滑り込んだ。

「今のって……」

「甘い誘惑よ。ああやって、人間に糖分を取らせるのがあいつの仕事。どういうつもりよ蜜子。追加料金は払わないわよ」

「別に。塩美先輩とやんちゃしたときのことを思い出してはしゃいでみただけですぅ。効果は持続しませんから早く」

ダイナと二匹の妖精は地下階の廊下を用心しながら進んだ。地上階よりもずっと冷える。どこからか冷気が漏れているのだ。突き当たりに唯一、大きな摺りガラスのドアがあった。室内には朧気に明かりが灯っている。ドアの脇には裏口の壁に設置してあったテンキーと同じものが設置してある。

「ガラスは錆びないわよ」

そのとき部屋の中の明かりがさっと途絶えた。誰かが、ドアの向こうに立っている。

ダイナは慌てて、身を隠す場所を探した。

「……ええでは、健康診断を終えたらこちらへ連れてきてください。対象者用の培養槽カプセルは用意できました。一番手前の四十二番を開けておきましたので……」

ガラスの自動ドアは両側へ開き、なかから研究員がでてきた。女性研究員は白衣を翻し耳に手をあてながら廊下を歩いていった。

ダイナは天井の冷風機の隙間に手を突っ込み、腹筋の力で足を浮かせたまま蝉みたいにぶら下がっていた。自動ドアが完全に閉まる前にドアのサッシに摑まって、木々を移動するオランウータンのように室内へ入り込んだ。音もなく床に着地し、すぐに近くの大きな機械の陰に隠れた。研究室の全容を確認しようとして顔をあげ、ダイナは驚きのあまり口を開けたまま立ち尽くした。

目が合った。ダイナの前には筒状の培養槽があり、中の緑色の液体に裸の人間が浸かっているのだった。人間は膝を抱えて座るようにして液体の中に浮いていた。様々な色の細いチューブが身体に突き刺さり、頭の上に束ねられて培養槽の上の装置に繋がっている。時々口から気泡が漏れて、細かなあぶくとなって上へあがってゆく。

培養槽は壁に沿って幾つも並んでいて、そのひとつひとつに人間が収まっていた。半ば忘れていた呼吸をひとつ吸い込んだ。一番近くにあった水槽に手をあてると表面は熱を帯びていて、モーターの振動と共に熱さが伝わってくる。

水槽の中に浮かぶのは老人だった。薄く開いた瞼から覗く瞳が、ダイナを映し出している。人の良さそうな丸まった眉と目尻に刻まれた皺が記憶を呼び起こす。それはダイナの知った顔だった。

「吉村さん……？」

塩活援護から脱退し、幸せな食会に入会した吉村だった。

「どういうこと……」

「これは、自動管理栄養装置ですよぅ。なにもしなくても、楽して健康になれる。パネルナンバーからして、初期のモニターってとこでしょうね」

水槽のなかに浮かぶ吉村はぼんやりとダイナを見ていた。口の端のチューブから細かい泡が漏れて浮かび上がってゆく。

――頑張り屋さんのダイナちゃんにはわからないでしょうけど……お金で健康が買えるならそうするわ。楽に健康になれるなら、それが一番幸せよ。

吉村の言葉が甦る。ダイナは水槽にあてた手を握り締めた。

「こんなの……これが本当に吉村さんの望んだ幸せなの……？」

そのとき隣の水槽がピーと高い警告音を鳴らした。

はっとして顔をあげると、白い女の顔がダイナを見下ろしていた。

髪の毛一本一本のおどろおどろしい揺れにダイナは身を震わせた。背中に悪寒が走って、奥歯を噛みしめた。虚ろな表情をしているがぞっとするほど美しい。青みがかった瞳に痩せた頬、すっと顎の尖った、これは……この人は……。

「ライトの……お母さん……」

五年ぶりに再会したライトの母は、やはりどこか亡霊じみていた。ダイナがライトの実家の病院を訪れたのは一度きりで、あれ以来、この亡霊に会うことはなかった。もちろん起きて話しているところも、動いているところも見たことがない。この深い海底のような瞳に、光がさすのを見たことがない。

ダイナは唐突に、西日の差し込む教室で、ライトが母親の話をしてくれた日のことを思い出した。

「進路？」

「塩活援護隊に入るなら、どこかの大学にいくんだろう。高卒で健康防衛省に入れるわけもないし。成績ドベのダイナは、卒業したらどうするのか、気になってな」

その頃ライトは、眼鏡をかけていたと思う。細いフレームの薄いグラスの向こうで、青みのある瞳が夕日を吸収していた。

「ドベじゃない」

「まぁ、俺が教えたからな。共通試験は受けるのか」

「県内で、健康学部があるところに願書をだすよ。どこも定員割れしてるから、大丈夫」

　それに対してライトは何か言いかけて飲み込んだ。代わりに「そうか、ならよかった」と言って眼鏡を外した。

「どうしてダイナは、塩活援護隊にはいるんだ」

「それは」

　ダイナにとっても、祖父の死と、その時感じた憤りについて初めて誰かに打ちあけた日であった。ライトはダイナの話を聞いてから、等価交換とでも言うように自分の秘密を打ち明けた。まるで殺人を犯した罪人が、心を開いた検事に真の供述を始めるような重い口ぶりだった。

「母さんがずっと入院してるのは、俺のせいだ。小さいとき、母さんがウナギを食べたいと言ったから俺が買ってきて食べさせたんだ。母さんが死んだら、俺のせいだ」

　ああ思い出した。ウナギが食べたいと言ったのは、この人だ――ダイナは水槽の中の、青みのある虚ろな瞳を見上げた。ライトが大事な局面で判断を誤ってしまうのも、いつまでも目を合わせてくれないのも、まだ心のどこかで死に怯えているのも、全部この人のせいなんだ――。

「もういい加減、解放してあげてよ……」

ダイナの声は、仄暗い研究室に虚しくこだました。

「美しいでしょう」

トオルがいつもの白いスーツの上に白衣を着て研究室の一番奥に立っていた。革靴を鳴らしゆっくりと近づいてくる。

「これは自動管理栄養装置。個人個人の身体に必要な栄養素は、決まった量、決まった時間に身体のなかへ注入されます。これは治療ではありません。心疾患、脳血管疾患、悪性新生物、糖尿病……あらゆる病気の未病となるわけです。ブレスレット型の管理栄養装置が肌に合わなかった市民はこの方法で楽に健康になれるのです。もちろん日々のデータの蓄積があってこそですが」

「こんなのやめて」

「自ら望んだのですよ」

「あなたのことはもう、信じられない。ライトのお母さんのことを、まるで自分の身の上話みたいに語って。隊員を騙した」

「木を見て森を見ず……きみは指導者には向いていない。細かいことに目を瞑る無慈悲さも、大事を推し進める際には必要です」

「あなたは市民の笑顔を奪ってる」

トオルは憐れむような、大人が子供を嗜めるときのようないやな顔で笑った。

「命と引き換えです」

「こんなの間違ってる。あなたは栄養の精にそそのかされてる」

「どうでしょうね。どんな戦争も、互いの正義の主張から始まりますから」

「いい加減目を覚ませ！」

トオルのもったいぶった言い方に、ダイナの怒りは爆発した。

「怒っているのですね。君はいつも怒っている。君に出会ったときの感動は今でも忘れられません。君は初めて沈黙の暗殺者にまみえたときも、許さないと言って怒った。あのおぞましい暗殺者の姿を前にしても、恐怖を凌駕し立ち向かったのですよ」

ダイナはトオルの青白い顔をまじまじと見た。そうだ。見覚えがあるわけだ。初めて沈黙の暗殺者に襲われたあの日、アスアの横にいた長髪の男だ。トオルは、元より塩活援護隊の人間なのだ。

「怒っている人は往々にして、自分の言っていることとの矛盾に気づいていて、それが指摘されることを恐れて感情的になっているんですよ。怒っているというとこはつまり、自分が間違っているということを、内省的には認めているということです。君は一体、どうして怒っているのですか」

ダイナの心臓は激しく脈打ち始めた。

「目を覚ますべきは君の方です。市民の笑顔を奪っているのは、君です。妖精にそそのかされてるのも、君なんですよ。誰かを解放しなきゃいけないのも、君。全部、自分で自覚しているはずです。だから怒っているんです」

「違う！　私は市民の輝く明日を護りたい！」

「そういうのは、もうたくさん。それは黒椿アスアの思想です。アスアはもういない。もう時間を割いて市民の元へ赴く必要も、命をかけて沈黙の暗殺者と闘う必要もないのですよ。世界を救うのは僕です。この管理栄養システムでね。新しい塩活援護隊の方針に反対なら、辞めたって構いませんよ。君に現場での重責を任すことは一切ありません。出世もあり得ません。王子様との約束ですから」

最後の言葉に、ダイナは眉を寄せた。

ウィン、と自動ドアの開く音がして振り返ると、そこにはライトと高杉が立っていた。ライトはダイナを見て驚いた顔をしたが、すぐに塩美に光線銃の照準を合わせた。

「ダイナ、すぐにそいつから離れろ。外は酷い有様だ。塩の精で街は覆い尽くされている。そいつの仕業だ」

「何言ってるの。塩美はずっと、私といたよ。仲間に銃を向けるのやめてよ」

「目を覚ませ！　塩は敵だ。仲間になれるはずがないだろう」

ライトは今度はためらいなく光線銃を発射した。一筋の光線は水槽のガラスをチュンと擦って消えた。塩美は見たことのない速さで、流れ星のように天井高く飛び上がっていく。小さくなってゆく塩美を唖然と見上げていると、突如研究室が暗闇と静寂に包まれた。部屋を薄く照らしていた電気が消え、動き続けていたモーター音も消えた。停電だ。

「……まずい」

トオルが腕の通信機の小さな懐中電灯を灯し、ダイナとライトを押し退けてどこかへ走った。

「停電って、この人たち、どうなるの」

ダイナは額に汗を浮かべた。縦長の研究室の壁には十数台の培養槽が並んでいたはずだ。そのなかに一人ずつ、人間が浮かんでいる。

「すぐに、復旧するだろ」とライトは自分に言い聞かせるようにして、緑色の水のなかにいる母親に細い懐中電灯を向けた。

ピロリロリと高い機械音が暗闇を貫いた。ダイナの通信機からは聞いたことのない変わった音色だ。ライトはその音を聞いて顔を強張らせた。見たくない。でも急いで見なければならない。そういうぎこちない動きでライトは腕を顔の近くにやった。
メッセージを読み、そのまま何も言わないライトに業を煮やして、ダイナはライトの腕を引っ張った。

『容態：危険レベル五』

通信機には短いテキストが並んでいた。二人は顔を上げた。暗闇で懐中電灯に照らされた亡霊は、もうこの世の者のようには思えなかった。肌は一層青白く、頬は不気味なほどえぐれている。停電により、必要な栄養素が身体に送り込まれていないのだろうか。生き物としての生命的な循環が滞っているのだろうか。
そのとき研究室の温度が一段とつめたくなり、筒の培養槽の裏の暗闇から沈黙の暗殺者が現れた。ダイナがはっと息を呑んだときには、沈黙の暗殺者は培養槽のガラスをすり抜け緑色の液体の中へ身体を沁み込ませていった。どす黒くなった培養液はなかに浮かんでいる痩せこけた人間を優しく包み込んでゆく。ダイナとライトはどうしていいかわからずに、二人して一心不乱に水槽を拳で叩いた。そのときパッと研究所に光が射した。

「馬鹿者！　戦況を見誤るな！」

開けっ放しだった自動ドアから現れたのは、舞台用の巨大な照明を両肩に担いだアスアだった。

「すぐに後ろのレバーを引いて培養液をだせ！　酸素が送り込まれなければ全員窒息して死ぬぞ！」

ダイナとライトは弾かれたように培養槽の後ろへ回り、次々と金属の排水レバーを手前に引いた。足元から緑色の液体が溢れ出し、中の人間は培養槽のなかにくたりと寄りかかった。アスアは培養槽の下部にあるドラム式洗濯機の蓋のようなものをこじ開け、吉村たち市民の足を引っ張って引きずり出し、頬をばしばし叩いた。

「吉村さん……！　みんな、生きているんですか」

「生きてるよ。寝てるだけだ。病気もない。高血圧を指摘された不安と、楽して健康になりたい気持ちから自動管理栄養装置のモニターに応募した市民たちだ。……一人を除いてな」

アスアの目線を追うと、入口の一番近くでライトが一人の市民を抱えていた。母さん、母さんと呼ぶ姿を見て、心臓を掴まれるような思いがした。

「ライトの親御さん。私は黒椿。息子さんの上司にあたる」アスアが傍に膝をついて、ライトの母の小さな手を握った。しんとした研究室のなかで、アスアの声は異様に鋭く響いた。その鋭さに引き上げられるように、ライトの母は薄く瞼を開けた。

「彼は新人にして隊で最も優秀な隊員だ。常に冷静に場を分析し妥当な判断を下す。そして優秀であることに奢らず努力を惜しまない。特別な能力を持たずして成績をあげ、絶対的な能力の存在を前にしても、決して腐らない。担当する顧客にも大人気。あなたが育てた、愛の賜物だ」

ライトの母親は薄く笑ったように見えた。瞳は海のように深く美しい色に変わった。

「……ライト、元気でいてくれてありがとう。最近夜は冷えるから、暖かくして寝なさいよ」

ライトの母は子供に言うみたいに静かに言った。そして固く目を閉じた。

「母さん」

ライトは前のめりになった。母親は、もう息子の声に応えない。

しかしそれは安らかな眠りだった。長年病気に侵され医療機器に身体を繋がれ、晩年は自由に動くこともできなかったはずだが、悲しむことも悔やむこともなく、まったくもって穏やかに彼女は息を引き取った。

「アスア指揮官……」とライトは説明を求めて元上司の顔を仰いだ。

「……まだ沈黙の暗殺者を殲滅するための方法や体制を確立できていなかった時代、塩活援護という仕事はほとんど、死にゆく人に向き合う仕事だった。だからせめて最後は笑って死ねるように、市民にとって大切な存在である人間の気持ちを預かり、死に際に伝えるサービスを行っていた。最後にありがとうと言えた人間は、須らく幸せだった」

アスアの言葉に、ライトは嗚咽を漏らした。拳で眉間を押さえながら、何か言った。よかったです、と言ったように聞こえた。ライトは母との繋がりを失ったことよりも、母の人生を肯定されたことに涙を流した。なんとなく、自分にはこの姿を見られたくないだろうと思って、ダイナは背を向けた。

「トオルさん、戻ってきませんね」

「ただの停電じゃない。塩害だ。しばらくは復旧しない。外は大変なことになっている」

「塩害って、アスアさんまで塩美の裏切りを疑っているんですか」

「ダイナ、裏切りではない。塩美は元々、栄養界の精だ」

ダイナはアスアの顔を見ることができなかった。アスアの言葉は常にダイナにとっての夢であり指針であり、真実だ。ただ今だけは、その真実と向き合うことができそうにない。

ダイナは天井に懐中電灯を向けた。塩美の姿はどこにもない。蜜子もいない。ライトに連れてこられたはずの高杉も、いつの間にか姿を消していた。

「私……行かなきゃ」

「ダイナ。今はだめだ。外は危険だ。ここにいろ」

走り出そうとするダイナを、ライトが呼び止めた。

亡き母を抱くライトの頬には乾いた涙のあとが見えた。亡霊は本当に亡霊になってしまった。ライトも、大切なものを奪われた。いいやもっと酷い。ライトはずっと、奪われ続けていたのだ。無邪気に抱く理想とか。自由な選択だとか。そういうものを失ってきた。奪った奴らがいる。野放しにしていていいはずがない。ダイナはここで自分の役割というものをはっきりと自覚した。

「私に命令しないで」

「あいつは、どうしてああなんでしょうか。人の気も知らないで」

研究室を駆けてゆくダイナの後ろ姿を見ながら、ライトは殆ど独り言のように呟いた。

「ああいうところに、救われているんじゃないのか。だからトオルの申し出を受けた」

空になった自動管理栄養装置を見ながらアスアが言った。

「……全部、ご存知だったんですね」

「やつのやり方は、昔から狡いからな」

「俺の担当市民が起こした塩の精の大量発生……ピザパーティは仕組まれたものでした。トオルさんはアスアさんとダイナを一緒に塩活援護隊から追い出すつもりだった。でも母をモニターとして提供するなら、ダイナには手を出さないと誓ってくれました」

「母上は完全栄養装置に繋がれることを望んでいなかったのか」

「どうでしょう……本当のところはわかりません。もうほとんど、判断能力もありませんでしたから……。俺はもう、自分が本当は何を護りたかったのか、わからなくて」声を震わせると、アスアはライトの頭に手をやって、優しく撫でた。

「心の声に従え。ダイナなんか、お前が泣いているのを見て我慢できずに飛び出していったんだぞ」

「まさか。あいつはずっと、指揮官になるために目の前の敵を倒しているだけですよ」

ライトが小さく笑うと、アスアはばかだな、と言ってライトを撫でる手を止めた。

「お前たちは互いのことを護ろうと必死になって、すれ違ってばかりだな。それでも傷つけあうよりは、よっぽどいいさ」

アスアが悲しそうに笑うのを、ライトは複雑な気持ちで見つめた。

ダイナは元来た廊下を戻り、表へ飛び出した。さざめく音に顔を上げると、空は白い羽を持つ塩の精で一面埋め尽くされていた。蝶や蛾が飛ぶときに上へ下へと軌道を変えまっすぐは飛んでいかないのと似たやり方で、塩の精たちは不規則に蠢いている。その羽が街の明かりをちらちら照り返すおかげで、夜空に煌めく星屑のようにも見える。何千匹も集まって影を創ったかと思うと解散し、別のところでまた影を創る。ひとつの大きな軟体動物のようにうねる空を見上げながら、ダイナは健康防衛省の門をでた。すると目の前の電線にも塩の精が群がり、全体を覆い尽くしていた。驚いたことに電柱との接続部分には火の手が上がり、その明かりに照らされた塩の精たちはなにやら楽しそうにはしゃいでいる。おそらくこれが、停電の原因だ。一体なにが起きようとしているのか、塩美に尋ねようとして傍にいないことを思い出した。胸騒ぎがする。とにかく高杉を探さなければと、また駅の飲み屋街の方へ駆け出した。

『装置が、外れています。装置が、外れています』

どこからか呼び止められ、ダイナは立ち止まった。機械音は足元から聞こえてきた。片膝をついて見ると、冷えたアスファルトの上に赤いブレスレットが転がっている。

管理栄養装置だ。ブレスレットは己の不在をここにいない主に必死に訴え続けた。迷子の子供が母親を探しているようで、ダイナは切なくなって装置を拾った。

『装置が、外れています』

ダイナはぎょっとして顔を上げた。少し離れたところにも、赤いブレスレットが落ちている。今度は、ここにいるから早く迎えに来いというような横柄な態度が入り交じるように思えた。仕方なくそれも拾おうと腰を上げると、別の方角からも音がした。

『装置が、外れています』

『装置が、外れています』

見渡すと至る所に管理栄養装置が落ちていた。その全てが母を見失い泣き叫ぶ子供のように声高に孤独を訴えた。無数の装置から放たれる警告音は夜の街に不気味に鳴り響く。装置がやかましく泣き叫ぶのを尻目に、人々はレストランや居酒屋、ファストフード店に足を運んでいた。まるでこのけたたましい警戒音が聞こえていないかのようだった。自分の健康状態を忘れているかのように、臭いものに蓋をするように、楽し気に店の暖簾を潜った。

「みんな嫌になったのよ」

頭の上でキーキー声がした。水色頭の塩の精が、ふわふわと浮かんでいた。

「厳しく管理されることが嫌になって、反動で美味しいものを食べにきたのよ。きっと制限されていた以前よりもずっと大量の塩を摂取するに違いないわ。ほら、見て」

レストランの向こうから、店を覆いつくさんばかりの大きな影が現れた。目を凝らしてみれば、それは大量の塩の精であった。その塊のなかから、一体、また一体と沈黙の暗殺者がうまれ地上へ降りてくる。

「塩美の仕業なの」

違うわよ、という答えを期待してそのビー玉みたいな大きな目を見上げた。髪の色と同じ水色の瞳はまっすぐダイナを見ていた。

「そうよ。ヒューマンバスターズは塩活援護隊以上の給与でまた私を雇ったの」

まったく望ましくない回答が返ってきた。塩美の肩にピンク頭の蜜子が摑まって、塩美と同じようなビー玉みたいな目をくりくりさせていた。どうやら妖精界の給与水準は著しく改善したらしい。塩美が得意げになったその隙をみて、猫がネズミを捕まえるときのように、蛙がハエを捕まえるときのように、ダイナは素早く空中に手を伸ばし塩美を捉えた。塩美はいつものようにぎゃあと鳴いたが、すぐに静かになって大きな目を細め煽るように言った。

「放さないと、怪我するわよ」

「へぇ。やってみたら」手も摑んでいたので、いつもの水色の光線のでる技は使えないと高を括っていた。要は油断していたのだ。

「エレキ・ソルト」

塩美が言い放つと木の幹を真っ二つにするようなバリバリという音が走った。辺りに蔓延っていた塩の精がぶわりと集まってきて、すこし遅れて沈黙の暗殺者が姿を現した。その数の多さに気を取られたとき、「塩美先輩を放してくださぁい」と蜜子に嚙みつかれ緩んだ手から塩美は逃れた。

「楽しかったわよ。ダイナ。お馬鹿でまっすぐでひたむきで、そして騙されやすい。あんたのおかげで私はまたキャリアアップできるわ。じゃあね」

風が巻き起こり、つむじ風とともに塩美と蜜子は姿を眩ませた。すぅっと気温が冷えて見回すと、今まで対峙した数の総数よりも多くの沈黙の暗殺者がダイナをとり囲み、にじり寄ってきていた。ダイナは構えた。

「来るなら来なよ。いずれ全て殲滅するつもりだった」

肩を回し肩甲骨を緩めようとして、なにか身体に違和感を覚えた。うまく腕が上がらない。腱を引っ張るような痛みが走り腕を戻す。その隙をつき、沈黙の暗殺者が手を伸ばしてきた。ダイナは横に飛びのいて数体の猛攻をかわし、アスファルトに転がった。ダイナは自分の身体の変化に眉を寄せた。

そのとき、派手なカラーリングの毛髪のギャルたちがダイナの目の前を横切っていった。

「時々、無性に食べたくなるよね～。あのポテト」

沈黙の暗殺者は、ギャルたちに注意を奪われた。向きを変え、彼女たちのあとを追って動き始める。

ダイナはそれを見て頭に血が上った。体中の毛穴がざわついた。見境もなく市民を絶望の淵に陥れようとするその忌々しい病魔を懲らしめてやらなければ。後ろから回し蹴りを食らわせて殲滅させてやる……ダイナはギャルの尻を追いかける沈黙の暗殺者の背中に集中した。

ダイナは塩の精たちが後ろから迫り寄っていたのに気が付かなかった。塩の精はいつかのようにダイナの身体に突進し、捨て身のタックルをしかけてきた。塩の精が身体を貫通してゆくと途端に渇き……いや強烈な飢えを感じた。

ダイナはギャルたちが元居た方を見た。黄色いロゴマークが施された赤い看板が高く聳え立つ。店の前には、マスコットキャラクターらしい赤髪のピエロが満面の笑みを浮かべていた。おいしいよ、とでも言うように片手を挙げている。ダイナはピエロの魅惑の存在感に誘われ歩を進めた。止まれない。確固たる歩みでハンバーガーショップへ近づく。すると反対方向からも香ばしい匂いが漂ってきた。白いタキシードを着た白髪顎髭の初老の男性が目に入った。黒縁眼鏡をかけ、黒いステッキを持って立っている。看板を仰ぐとフライドチキンを商材とするファストフード店だった。漂う香ばしい匂いにつられ、ダイナはよろりとフライドチキン店の方へ傾いた。しかしハンバーガーも捨てがたい。

ジューシーに焼き上げられたビーフパティか――ボリュームたっぷりのサクサクチキンか――細いポテトか太いポテトか――ダイナは二つのファストフード店での間で右往左往した。

常に魅力的な期間限定のメニューを用意しているのはハンバーガーショップの方だ。しかし気分の高まる通常メニューと言えばフライドチキンのセットだ。価格はどうだ。チキンワンピース追加でさらにポイント加算……ポイント商法ときた。騙されない。総合評価、財布に優しいのは――。

ダイナはハンバーガーショップを選択した。迷いなき動きで重いガラス戸をひく。

店のなかは活気に溢れていた。レジの音、ポテトの揚がる音、飛び交う指示、奥から聞こえるタイマーの音……ダイナはレジに並んでメニューを指差した。中学生以来一度も口にしていない、もはや一種の憧れとなってしまったメニュー。このチェーン店で最も選ばれている人気メニューだ。

「トリプルチーズバーガーセット、ひとつ」

呪文のようだ、と思った。誰でも簡単に不摂生に蝕まれることができる魔法の呪文だ。「お飲み物をお選びください」と促され、慰めのようにウーロン茶を選択した。ここでコーラを選択しない私は、まだまだ大丈夫！

外のテラス席に腰を据え、ダイナはハンバーガーの包み紙を開けた。肉汁たっぷりの肉と柔らかなバンズが重なり合って香ばしい匂いが鼻孔を突いた。ダイナは口を開けた。

影に気付いて口を開けたまま顔を上げると、向かいの席に沈黙の暗殺者が腰かけていた。ダイナは生唾を飲み込んだ。

沈黙の暗殺者は、ダイナがハンバーガーにかぶりつくのを待っているようだった。急きたてることもなくただじっと、堕ちてくるのを待っている。この味を覚えれば最後、抜け出すことのできない誘惑のループにはまり「明日から気を付ける」とか「自分へのご褒美」だとかわけの分からない言い訳を並べるのに抵抗がなくなってゆくのだ。流してきた汗も涙も、培ってきた自分との信頼も、全てが水の泡となる……それはそれとして、涎が次から次へと口の中へ溢れてくる。身体が、本能が、このハンバーガーを欲しているのだ。もういい。自制も筋トレももう終わりだ。自堕落な食生活に身を委ねたい。

気が付くと右にも左にも沈黙の暗殺者が腰掛けていた。今やダイナと、沈黙の暗殺者三人で小さな丸テーブルを囲んで座っている。どうってことはない。自分は特別だ。風邪をひいたことがないし、病気になることもないだろう。自分だけは大丈夫。今まで一度だって、大変なことにはならなかったのだから。今まで大丈夫だったことは、これからもきっと大丈夫——。

ダイナはゆっくりとトリプルチーズバーガーをテーブルに置いた。さっきから沈黙の暗殺者が覆いかぶさるようにしてダイナの食事を見下ろしていて、とにかく気が散って仕方がない。この三体を始末してから仕切り直そうと思って立ち上がり「邪魔しないで」と目の前一体の頭部分に突きを入れた。

沈黙の暗殺者はいつものように、黒いあぶくを飛び散らせて弾け飛んだ。しかしダイナの身体には異変が起きた。まず首の後ろを鈍い痛みが襲い、続いて背中に悪寒が走り全身の筋肉とその節々がこわばってゆく。ハンマーで何度も頭を打ち付けられているような強い鈍痛が始まり、頭のなかを流れる血液が痛みのリズムに合わせてどくどくと脈打つ。呼吸は乱れた。寒さで歯がちがちと鳴るのに首筋には汗が溜まる。手足が痺れ、全体の力が抜けてゆくのを感じた。後ずさりながら椅子を倒し、地面に尻もちをつく。見舞われたことのない生体反応に驚き、ますます息は荒くなってゆく。

――いつか必ず限界がくる。

ライトの言葉が呼び起こされる。どんなに健康な人間でも身体を酷使すれば細胞のダメージは蓄積する。異物に対する抗体も溜まってゆく。その閾値を超えたとき、普通の人間と同じように身体は警告を鳴らす。無理をすればその皺寄せは必ずくるのだ。

沈黙の暗殺者の黒い腕が迫っていた。振り払おうと腕を前に突き出すがその手の平同士を合わせるようなかたちになり、次第に押し込まれるようにして重なっていった。黒い靄がずぶずぶと身体に沁み込み、細胞を隅々まで侵してゆく。しかしどうすることもできない。ただ大人しくして、これ以上悪くならないようにと願う他ない。もどかしい。高杉も、吉村も、他のどんな市民も、皆こういうやるせない気持ちでいるのかもしれない。身体を思うように動かせず、目の前に迫る病魔から逃げることもできない。自分の身体が蝕まれてゆくのをただじっと待つしかない。最後くらい好きなものを食べてあとは死んだって構わないと思うのも自然なことかもしれない。この不安と孤独に立ち向かうには、自分という生き物はあまりに脆弱すぎる――。

自分に魔の手の矛先が向いたとき、案外、不屈の闘志というのは湧いてこないものだった。代わりにあるのは、不幸を受け入れてさっさと楽になってしまおうというある種の諦めだった。使命とか仕事とか生活とか、あらゆる不安から解き放たれて、どこかにあるとかないとかいわれる楽園へ逃げてしまいたい思いだった。自分が市民にしてきたことは、こういう選択を奪う行為だったのだ。逃げ道を塞いで戦うことを強いる行いなのだ。

「無病息災！」

瞼が重くなってきて意識を身体の外に追いやってしまおうとしたとき、強い力で呼び覚まされた。じんじんと淡い刺激が身体をなぞっていき、身体は徐々に軽くなった。詰まっていた関節が緩み、視界は鮮明になった。

「言っただろう。病気にならない人間なんていない。誰だっていつか必ず限界を迎えるんだ。頼むから一人のときに無茶をするな」

怒ったように眉間に皺を寄せダイナの顔を見下ろしていたのは、ライトだった。ダイナの胸元に『無病息災』と書かれた護符を押し付けている。祖父が死に際にダイナに託したもので、ライトにお守りとして渡したものでもある。几帳面なライトらしく、護符はそれ自体よりも少しだけ大きい台紙に綺麗に糊付けされていた。

「俺に生きろと言ったのは、ダイナだろう。お前が死に損なってどうするんだよ」

ライトは少し頬を上気させて、不機嫌な顔をしていた。

「どうして、怒ってるの」

「ダイナが俺に大人しく護られてくれないからだ」

ライトの瞳はじっとりとした熱を抱いていた。焦燥と羞恥の混ざり合ったような粘り気のある視線が、ダイナに絡みついた。

その熱にはダイナにも身に覚えがあった。沈黙の暗殺者と戦うときに、ダイナが腹から引っ張りだしているあの感情と同じだ。ダイナは思い至った。あの腹の底から湧き上がる憎悪にも似た感情の正体はこれだ。

自分から、自分の大切なものが、自分の許可なく離れていこうとすることに、ダイナはいつも怒っているのだ。自分のモノを取られることに怒り奮闘しているのだ。自分の大切にしているモノを、許可なく誰かに奪い取られるというのが、我慢ならないのだ。それは正義感と呼ぶにはあまりにも荒々しく利己的な心であった。自分のなかにそういう後ろ暗いものを棲まわせているのが嫌で、ここまで見ないふりをしてきたのだ。

「でも、それでよかったんだ」ダイナはライトの手ごと護符を摑んで、起き上がった。

「行こう。高杉さんが待ってる」

ライトは目を瞬かせたが、ダイナの決意に満ちた目を見て半ば諦めたような顔をした。

「まったく……。塩美は見つけたのか？　あいつがこの大規模な大量発生の主犯格だぞ」

「違う。塩美は嘘をついてる。女は目を見て嘘をつく」

怪訝そうにするライトの背後に、塩の精の大群からなる柱が立ち昇るのが見えた。

塩の精の柱が立ち昇っているのは新宿駅東口の広場だった。紫、ピンク、青……漢字とカタカナの入り交じるネオンサインが所狭しと並ぶ雑然とした繁華街。立ち込める悪臭のなか千鳥足の酔っ払いや暇を持て余した学生がふらふらと彷徨っている。短いスカートに厚底のシューズを履いた女子三人組が互いの腰に手を回して空を見上げていた。

「あれなに？　鳥？」

「コウモリでしょ？」

「違うよ。虫だよ。大きい虫！」

酒に飲まれた若者たちは空を見上げ、気持ちよさそうに笑い合った。そのふやけた笑顔が強張り、戦慄の表情へと変わってゆくのに、時間はかからなかった。鳥だか虫だかが飛び交って渦を巻いているその歪みのなかから、見たこともないような黒い邪悪な影が姿を現したのだ。驚いて声も上げないうちに、影は人型を形どって下降を始めた。一体だけではない。ビルとビルの間の狭い空から、無数の黒い塊がゆっくりと降りてくる。空を見ていた若者たちはひっと息を飲み、一人は仲間を置いて逃げ、二人は互いに抱きしめ合いながら地面に尻をついた。

「なに、誰？　うそでしょ。助けて」

沈黙の暗殺者が伸ばす黒い手を前にして、二人は悲鳴をあげた。

「無病息災！」

ダイナは二人の若い酔っ払いを襲う沈黙の暗殺者に蹴りを入れた。すぐ近くに迫っていたもう一体の沈黙の暗殺者に拳を喰らわせ、またさらに隣の暗殺者に襲いかかった。「ライト、これじゃあキリがないよ。あいつら、どんどん降ってくる」

「二人とも大丈夫ですか。とにかくここから離れて。応援を呼んでいますから、駅まで走って。途中塩の誘惑にあっても、決して立ち止まらないでください」

ライトが優しく声をかけると、二人のミニスカートはその腕に縋って泣きついた。

「怖い」

「足くじいて歩けない」

「そんな転びやすい靴を履くからだ！　風邪ひく前に足をしまえ。腹も隠せ。ちゃんと親に連絡を入れて、終電までに家に帰りなさい！」

ライトはミニスカートたちを叱咤して、新宿駅東口へと追い立てた。追い打ちをかけるように、寝る前に歯を磨けよ、と背中に投げかけた。

「調子が戻ったんじゃない、ライト」

「馬鹿言え。俺はいつでも絶好調だ」

二人は背中を合わせて駅前交差点で構えた。普段一般の市民たちには見えないはずの沈黙の暗殺者はここにきて勢力を増し、まだ自分は健康だと思い込んでいる若い肉体にまで危害を加え始めていた。

「塩美はあの柱のところにいるんだろう。とにかくこの通りを突破するぞ。好きに暴れろよ。お前の奇想天外な動きに合わせられるのなんか、俺くらいのもんだ」

ダイナはそれを聞いて、合図もなしに目の前の沈黙の暗殺者に飛び掛かった。目に入る敵からなぎ倒し、手の届く敵から殴り飛ばす。時々顔の横をライトの光線銃がかすめてゆく。息が上がるまで蹴散らして東口駅前広場が見えてくると、ライトがダイナを呼んだ。

「あそこ見ろ、高杉さんじゃないか」

見ると東口のシンボルのライオンの像のところに高杉が蹲っていた。

塩の精の柱から生まれ出てきた沈黙の暗殺者が物欲しそうにあたりをうろついている。

「高杉さん、しっかりしてください。またなにか食べたんですか」

「おれはもう、塩活はやめる」高杉はライオンの足にしがみついてめそめそ泣いた。手には駅前のキッチンカーで購入できるケバブが握られている。

「家族がおれを白い目で見ているのはわかってるんだ。おれのせいで食事に気を遣うはめになるし、ずっと見張られているような気分になる。家の雰囲気は最悪だ。それに……もう嫌になる。言われたようにできない自分にも、嫌になるんだ。わかってるんだよ。全部おれが悪いってこと！」

高杉は支離滅裂に泣き叫んだ。その悲痛な叫びに応えるように、塩の精の柱がドドドと押し寄せ高杉を取り囲んだ。

「塩美だ」ライトの声に顔を上げると、塩美が腕を組んでこちらを見下ろしていた。

無垢の塩の精が取り巻きの子分のように塩美の周りを飛び回っている。

塩の精が一定数集まっては黒い靄に変わり、沈黙の暗殺者の群れとなって新宿東口駅前の上空に立ち込めた。ネオンの明かりに灯された沈黙の暗殺者は妖しく揺らめき、みな一様にして高杉のことをみつめていた。

「さぁ、こっちにきて。たくさんおいしいものを食べましょう」塩美が両手を広げると、それを合図とするように塩の精たちは高杉の周りに群がって上空へ連れ去ろうとした。

「高杉さん！」

ダイナが塩の精の波を泳ぐようにしてかき分け、高杉の服の袖を掴んだ。「塩美、高杉さんになにするつもりなの！」

「敦夫はエサよ。沈黙の暗殺者を一か所に集めておくためのね。うちのマーケティング部がね、ターゲットの家に塩の大量発生を仕向けるのは、効率が悪いと考えたの。いっちょどでかいヤツを発生させて、まずは新宿を一気に飲み込もうって算段よ。要は東京ローラー作戦ってわけ」

塩美の白々しい態度にむかむかしてきてダイナは声を張り上げた。

「塩美が嘘ついてるのはわかってるんだからね！　いつまでも下手な芝居してないで、早くこいつら静かにさせてよ！」

怒りに任せて怒鳴ると、塩美はくるりと背を向けてしまった。そうしている間にも、無垢の塩の精たちに高杉の身体は持ち上げられてゆく。その袖を掴んでいるダイナも足が宙に浮いている。

「ダイナ、手を離せ！」下からライトが叫ぶ。

「だめ、高杉さんが……」

口の周りをケバブで汚した高杉がダイナを振り払おうとした。

「もうわかっただろう。おれには塩活はできない。塩活ができないおれは、みんなに迷惑をかける。ダメと言われれば食べたくなるし、我慢も自制もできない人間なんだ」

高杉はぶるぶると首を振って泣き叫んだ。

「おれは、おれなんて、助ける価値もない。うまいものを食べて早く死ぬ。最初からこれでよかったんだ」

高杉の自尊心はこれでもかというくらいに地に堕ちていた。ダイナは高杉の皺々の節くれだった手を掴んで強く握った。

「私の手の届く範囲にいる人は全部護ります。だって、もう絶対なにも奪われたくないんです」

高杉は口の周りの皺を一層しわしわにさせて、唇を震わせていた。

「もう疲れたんだ」

「ごちゃごちゃ言わないで。私が護ると言ったら護ります」

高杉を持ち運んでいた塩の精たちは突然、蜘蛛の子を散らすように高杉の身体から離れた。高杉も、高杉に捕まっていたダイナも、腹がひっくり返るような感覚のあと数十メートル下に落ちていった。地面が急速に近づいてくる。痛みに備えてぐっと目を瞑ると、襟の辺りを引っ張られまた宙にぶら下がった。

見上げると、ドローンに掴まったアスアと目が合った。高杉を小脇に抱えた手でダイナの襟首を掴まえている。ドローンは大人三人の体重に耐えきれないというように、ゆるゆると下降していった。地面まで数メートルというところで放り出され、下にいたライトに受け止められた。

「ドローンを探して遅くなった。トオルのやつ、充電もしないで倉庫にいれていたんだ」

高杉を優しく地面に降ろし、アスアは短い黒髪をかき上げた。

「塩の精が高杉さんから離れたのは、アスアさんの力ですか」

「いいや。塩の精を操れるのは奴だけだ」アスアが空を見上げ、沈黙の暗殺者と塩の精の群れのなかで王様のようにふんぞり返る塩美を見た。今や沈黙の暗殺者の量は、新宿の街を覆うほどに膨れ上がっている。

「ダイナ、塩害防腐剤はどうした。まだ試作段階だが、今はあれを使う他ないぞ」

「あれは……あれ？　どうして」

手放したはずの青いビーズが、ダイナのポーチに収まっていた。あのとき確かに公園に捨てたはずなのに。

「アスアさん、ドローン借ります」

所在なげに宙に漂うドローンに飛びつくと、ライトも一緒についてきた。疎ましそうな顔を向けると、「お前は操縦できないだろう！」と言って操縦レバーを傾けた。

中型の散歩用ドローンは、ウィンウィン唸りながら二人をぶら下げて浮かび上がる。

「いいか、二人じゃあの高度までは飛べない。あのビルのてっぺんに降りるから、そこで塩美と話をつけろ」

塩美は十階建てのビルのあたりにいた。白い肌が下から紫色のネオンに照らされる様子は、悪の化身さながらであった。尊大な態度で腕を組み、沈黙の暗殺者が増え続け最大限の大群になるのを待っているようだった。

「全隊員に告ぐ！　第一小隊は市民を救出しバスドックがくるまで駅構内で待機！第二小隊は速やかに戦闘態勢にはいれ！　地上にいる沈黙の暗殺者を殲滅せよ。上空の敵は二人に任せろ」

　地上で、アスアの怒号が響いた。

「塩分可視化装置、起動！」

　アスアの後から駆けつけてどうしたものかとおろおろしていた塩活援護隊は、カリスマ指揮官の指示を受け水を得た魚のように働き始めた。なまった身体に鞭打って久々の肉体労働に精を出す。第一小隊の面々はカラーコーンと養生テープで立入禁止区域の防波堤をつくり、既に沈黙の暗殺者に接触した可能性のある市民の救助に向かった。第二小隊は光線銃を構え、二人組になって一体ずつ確実に沈黙の暗殺者を殲滅していった。

　忙しなく、しかし活き活きと活動を始めた塩活援護隊らの喧騒のなか、一人の男がアスファルトの上に膝をついていた。絹糸のような細い髪が風に煽られ舞い上がる。

「どうしてなんだ」

　トオルは、誰かに踏まれて粉々になった赤いブレスレットを拾い上げた。

「美味しいものは我慢したくない。運動はしたくない。だけど重い病気にはかかりたくない。幸せになりたい！　皆そう言ったじゃないか。だから栄養界の妖精たちの投資を受けてまで、この管理栄養装置をつくったんだ。八年かかった！　どうしてみんな、ちゃんと使ってくれないんだ?」

強い風が巻き起こり、その風に誘われるように振り返ると、アスアが腰に手をあてて立っていた。

「アスアだって、人を助けることで、自分はまだ価値のある人間だって思いたいだけなんじゃないんですか! 人を救うことが使命だと思うことで、自分の存在を肯定しているだけじゃないんですか」

アスアは黙ったままトオルを見つめていた。

「僕は君には勝てないのですか」

アスアは動かない。世界が病魔に飲み込まれようというときですら、その立ち姿は美しく明日への希望を感じさせる心強さがあった。

「気が付いてしまったんだ。僕は君の傍にいる限り、永久に負け続ける。そのどうしようもない燻りが重たい枷となって僕の心を蝕んでゆく。わかりますか。わかるはずがありませんね。愛した女性に何一つ、誇れるものがないこの情けなさが」

何も言わないアスアの凛とした佇まいが、トオルの心を追い詰めた。轟々と巻き起こる風にかき消されればいいと願いながら、トオルは顔を歪めて白状した。

「僕は胸を張って、君の隣を歩きたかっただけだ」

ダイナとライトは商業ビルの看板の上に降り立った所だった。

吹き飛ばされるくらいの強い風が、二人を襲った。ダイナはよろめいて足を踏み外しそうになり、ライトに腕を摑まれた。

看板の明かりが雑居に散らばり浮かび上がる新宿の街は、上から覗くと近未来都市のように見えなくもなかった。ネオンに淡く彩られちらちら蠢く沈黙の暗殺者の大群は、きな臭いこの街によく馴染んでいた。これから新宿の街を飲み込もうというよりは、街の不安定な秩序から必然性を持ってうまれてきたもののように思えた。

不規則に点滅するＬＥＤ電球からなる青い看板の上に立って、風の轟音に負けじと大声を張り上げ、ダイナは塩美を呼んだ。

「塩美、一体なにをするつもりなの」

「今からここに沈黙の暗殺者を凝縮するわ。これで市民どもを一気に生活習慣病にすることができる。強力な塩害防腐剤でも手元にない限り、これで新宿はおしまいよ」

空に蜷局を描き始めた沈黙の暗殺者の渦の真ん中で、塩美はビー玉みたいな目でダイナを見詰めていた。塩美の周りだけ風が吹いていない。塩美がこの渦の中心であり、つまりは塩美がこの阿鼻叫喚の混乱を新宿の街に生み出している証拠だ。

ダイナは手のひらの青いビーズを握り直した。ダイナが公園で昼寝をしている間に、塩美は投げ捨てられた塩害防腐剤をそっとダイナのポーチに戻したのだ。ダイナにはやっと、塩美の言わんとすることがわかった。

「やだよ。塩美」

「言ったでしょ。なにがあるかわからないって。用意周到にいかないと、出世できないんだからね」塩美の表情はふっと優しくなった。

「他に方法はないの」

「ないわ。あたし以外に、こんなことできる塩の精はいない。散々言ったはずよ。あたしは優秀なのよ」

発生した沈黙の暗殺者を一網打尽にできるのは、今が絶好の機会だ。この塩害防腐剤を塩美に向かって投げつけるだけで、人々の健康を脅かす病魔を一掃することができる。塩美もろとも殲滅すればよいのだ。

沈黙の暗殺者たちは隣同士でくっついて、暗澹たるひとつの巨大な雲となった。みるみるうちに厚みをましてゆき、新宿の街に覆いかぶさる勢いであった。

「塩の大量発生……もう今までのとは比べ物にならない」ライトが空を見渡して慄いた。

「ダイナ、はやくしなさい。このチャンスを逃すなんて許さないわ」

「できないよ！」塩害防腐剤を持つ手は震えた。

「この世の全ての沈黙の暗殺者を殲滅する。それがあんたの夢でしょ。夢は叶えるためにあるのよ」

「違う、私の夢は……」

市民の輝く明日を護ること――ダイナは己の使命とそれを全うしようとする揺るぎない正義心を恨んだ。夢は正義だ。いつか必ず世界を救う。多くの市民が救われる。今、一人の友を犠牲にすることで――。

「らしくないよ、塩美。自分を犠牲にするなんてさ」

精一杯強がっても自分の声が震えているのがわかった。もうどうすることもできないということは、頭ではわかっていた。神様が来て全部丸ごと救ってくれるか、悪魔が来て、道徳をこの世から抹消してくれない限りはなにも変わらない。

「塩美なしじゃ、指揮官になれない」

「なれるわよ」

「まだ教わってないことがたくさんあるよ。塩活の極意は？　まだ途中だよ！」

「今から見せるのが、最後の塩活ステップよ。さっさとやりなさい」

「できないよ！」

「俺がやる」ライトがダイナの肩を摑んで、防腐剤を奪おうとした。ダイナは反射的に、ライトを突き飛ばした。一体どんな顔をしていただろうか。ライトはダイナの表情を見て宥めるように「お前の背負うものじゃない」と言った。

「指揮官になるんだろ。正義の味方は、こんなもん背負わなくていいんだ。なんでもかんでも護ろうとしなくていい。ダイナができないことは、俺がやる。俺を頼れ。いい加減俺を見ろよ！」

ライトが臆面もなく言うのでダイナは言い返せなかった。塩美が上空で面白そうに笑う。

「見直したわ、ライト。少しは言うようになったじゃない。この先はあたしの代わりにダイナを頼むわよ」

「やめて。私の相棒になるんじゃなかったの」

「あたしはどうしたって、正義の味方にはなれないみたい」塩美は眉を下げた。「これでいいのよ。あたしは元々この世界の住民じゃない。塩の精よ。あんたが殲滅するべき対象でしょ。いつものやつ、言ってよ」

――私は、塩の繁栄を許さない……。

ダイナは痛いほど唇を噛んでいた。正義を振りかざせば振りかざすほど、夢を追い求めれば追い求めるほど、知らず知らずのうちに一番近くにいる友を追い詰めていたのだ。こんなのはあんまりだ。

自分に、大切なものなんてなにもなかったら。もしも正義の心なんてものをもっていなかったら。世界を全部敵に回しても、あの子憎たらしい妖精と生きることを選べたのに。どこか知らない世界に——例えば栄養界に——逃げて、なにも考えないで暮らしていけたのに。

でもそれはできない選択なのだ。ライトを、高杉を、他の全ての市民の健康を、塩の脅威から護るのが自分の信じる正義なのだ。自分の生きる意味なのだ。

ダイナは声を上げながら、ビルから飛んだ。浮かんでいるドローンを足場にして、沈黙の暗殺者が渦巻く中心に塩害防腐剤を投げ込んだ。青いビーズは美しい弧を描いて塩美の元へ飛んでいった。塩美が手を掲げビーズに触れた瞬間カッと閃光が走り、その一点を中心にして、沈黙の暗殺者が形作っていた黒い塊は旋回し始めた。轟々と風を巻き上げながら、排気口に飲み込まれてゆく汚水のようにその姿を消していった。

ダイナは離れてゆく淀みを見ながら考えた。なにが正義かなんて、ほんとうは真剣に考えたことがなかったんだ。憧れる自分になりたかったし、人を助けるのは気持ちがよかった。悪い奴をやっつけて、自分の大事なものを護る。それが正しいとみんなが言ったから、それだけでよかった。適切な動機もあった。立ち止まる理由はなかった。

もしいくらでも塩を食べられる世界に変わったら、こんな別れ方をしなくてよかったのかもしれない。そんな未来は、いつか来るのかもしれない。でもそんなのは不老不死を願うのと同じくらいに邪悪だ。みんなわかってることだ。そんなのは、願っちゃいけないことだって。塩と人間は一緒には暮らせないのだから。私たちは最初から、交わるべきじゃなかった。はじめからみんなわかってたことだ。分かち合う楽しさを、背中を預ける喜びを、心の底から笑いあう陽だまりのような時間を過ごしたりするべきじゃなかった。健やかな友情を育んだりするべきじゃなかった。ただそれだけのことだ。

落ちてゆくダイナの目元から涙が一雫離れ、黒い渦のなかへ吸い込まれていった。

いつの間にか、空は白んでいた。ビルとビルの隙間から眩い朝日が差し込み、新宿の街を照らしていた。大量発生していた沈黙の暗殺者は姿を消し、空気は澄んでいる。塩活援護隊はバスドックを開放し、沈黙の暗殺者に接触した可能性のある市民の健康診断に追われていた。ダイナは放心したまま冷たいコンクリートの上に座り込み、ライトは何も言わずにその後ろにただ立っていた。

「だったら、なにが正しかったというのですか」

少し後方で言い争う声がした。振り返ると、地面にへたり込むトオルの姿があった。ライオン像を背景に仁王立ちするアスアを、恨めしそうに見上げている。

「正解なんてわからない。煙たがれようとも、唾を吐きかけられようとも、それでも私たちはこの手の届く範囲の命に手を差し伸べなければならない」

アスアは四つん這いになっているトオルに手を差し出した。

「答えはずっと探し続けるしかないんだ。私の隣で、私と一緒に探してくれ」

トオルは片手で、顔を覆ってしまった。「アスアの隣は……目が眩むんですよ」

顔を隠したままアスアの手を弱々しく摑むトオルを見て、ダイナは自分だけが取り残されるような感覚に陥った。幸せとはなにか、健康とはなにか、正解を探して生きる。答えを探して、まだ戦いは続く。人間が豊かな生活を望むほど、自分らしさを追い求めるほど、戦いはより厳しくなる。塩の精はそこらじゅうに湧いて出るし、沈黙の暗殺者はすぐ傍にいる。これは決して終わることのない戦いなのだ。

「アスア指揮官。なぜ喋る塩の精を、ダイナに託したのですか。まさかこうなることを予期していたわけではないですよね」

通り過ぎようとするアスアに、ライトが投げかけた。

「賭けさ。ただ賭けに勝つように策略を練るのが、私の仕事というだけだ。ダイナ、ライト。戦いはこれからだ。戦況を見誤るな」

引きずるようにして、アスアはトオルをバスドックへ連れていった。

黒い援護隊ジャケットは、アスアの元に戻された。

ダイナは、ぐっと固く目を瞑った。誰にも正解はわからない。誰もダイナを責めないし、誰もダイナを称えない。ただその選択が間違いでなかったと言えるように、これからもずっとずっと進んでいかなければならない。これは果てのない戦いだ。

「また始めるよ。塩活」

ダイナははっとして顔をあげた。高杉が気まずそうに手をもぞもぞさせて、ダイナの横に立っていた。

「孫の顔を見るためだ。孫が成人するまでは死ねねえんだ。おれの人生だ。文句はねえだろう」

高杉は言い訳を並べるようにして、生きる理由を述べた。そしてなにか言いたそうに口を開けたり閉じたりしてから、頭を掻いて小さく呟いた。「また、うちに飲みにきてくれ」

ダイナはライトに助けられながら立ち上がって、高杉に向きなおった。まだ痛みの残る心を懸命に押し込めて前を向いた。

「全力で援護します。輝く明日をあなたに」

スーパーにも、家の台所にも、職場の食堂にも、塩の妖精は現れ続けた。まるでその住民かのように棲みついて、人間の摂取塩分量を高めるのに役立っていた。人々はバナナがダイエットにいいらしいとか、ハチミツがボケ防止にいいらしいとかそういう情報が出回ると馬鹿みたいに買い占めて、年に一回くらいは自分の健康について省みているようだった。健康ブームというのは丁度それくらいの周期で気まぐれにやってきて、なんの成果をあげることもなく少しだけ経済を潤して去ってゆく。無理もないことだ。人々には塩の精も砂糖の精も見えないし、彼らによって呼び寄せられる沈黙の暗殺者が、すぐ傍まで近寄っていることも知らずに生きているのだから。それはある種の幸せかもしれない。それでも、塩活援護隊は全ての世代の市民登録を急いだ。カリスマ指揮官黒椿アスアのもと、塩活援護隊の指導形態は新たに整えられ、やはり月に一回は市民の家へ押しかけて対話のなかで健康をチェックするようになった。白蕨トオルが開発した管理栄養装置はブレスレット型から洒落た据え置き型の機械に姿を変え、自ら進んで計測しなければならないシステムに変わった。搭載された人工知能の性格は完璧主義タイプや世話焼きタイプ、放置タイプとバリエーションに富み、カラーリングや声帯などもカスタマイズが可能で、一定の層を中心に需要が伸びているという。本人はどこかふっきれたように黒椿アスアの右腕として力を尽くしていた。訓練を積んでいない一般人でも沈黙の暗殺者を可視化できる特別装置の製作から、減塩でも美味しい冷凍食品の開発、新人の指導にまで活動範囲は多岐に亘る。何よりも表情が柔和になって、特にアスアと仕事をしているときは見ているこっちが恥ずかしくなるような腑抜けた顔していた。アスアとの関係性を邪推するような噂話が立つこともしばしばであったが、本当のところは誰も聞けずにいる。

ライトは光線銃の使い方をダイナに指導した。初めはダイナ一人で修練に励んでいたのだが、ライトが二日に一回は射撃修練場に現れるものだから、一発も的に当てることができていないのがバレて遂に捕まった。ライトの教え方は予想に違わずねちっこくて、ダイナはすぐに音を上げた。姿勢からなにまで基本に忠実に体現する必要があったし、決められた回数をこなさなければ解放してくれない。「いつでも俺が護ってやれるわけじゃないぞ」と言って叱咤しダイナが泣き言を漏らす度に家から持参した夜食――ダイナの好きな甘いおかかのおにぎりであることが多い――で釣って励ますので、ライトはやっぱりどこまでも「おかん」だった。

あとから気が付いたのだが、ダイナがひとつの的に照準を合わせるのに必死になっている間に、ライトは二丁の光線銃を同時に撃って計十発の光線を的に直撃させていた。健康成績も営業成績も相変わらずトップを走って、成績アップのコツなんかをまとめて渡してくるものだから腹立たしい。憧れの指揮官になるにはやはり、常に少しだけ前をゆくこの幼馴染を出し抜くところから始めなければならない。

「ねぇ、ライト。俺を見ろって言っていたけど、あれはどういう意味なの」

背後から尋ねると、みるみるうちに首の後ろが赤くなってゆくのがわかる。言葉では嫌なことばかり言うやつだけど、案外わかりやすいところがある。からかい甲斐があるのだ。成績では太刀打ちできなくても、これで少しは渡り合える。

「忘れろ」

「忘れないよ。俺を頼れって、そう言った」

「どうしてそう変なことばかり覚えてるんだよ。急患の応急処置の仕方とか旬の野菜の栄養素とか……そういうのを覚えろよ。大体お前はなぁ」

「いつも護ってくれてありがとう」

ライトは目ん玉が飛び出るくらいに驚いて、すぐに持ち直した。

「お前、本当にダイナか？　わかった。疲れてるんだろ。さてはまた夜中までゲームしてたな」

ダイナは可笑しくて、含み笑いをしながらライトを追い抜いた。ライトのこんな面白い顔を見れるなら、たまには素直になってもいい。


吉村はまた、塩活援護隊のもとに戻ってきた。目尻の皺は相変わらずふかく刻まれているけど、以前よりも溌剌としているように見える。毎日同じ時間に血圧を測り、塩分量を自ら調整しすぐに健康的な生活スタイルを取り戻していった。もともと細やかなたちなのだ。

月一度の定期訪問ではダイナのために塩分控えめな手料理をご馳走してくれて、手土産に必ず甘い和菓子を持たせてくれた。タイへ海外転勤した息子には、ダイナがときどき電子メールで健康状態を報告するようにしている。目尻の皺と丸い眉が母親そっくりで、押しに弱そうな感じも似ていた。

高杉の健康状態はすぐには改善しなかったが、本人の意識は目に見えて変わった。妻の啓代が言うには虚偽の報告をしなくなったし、元来そういう性質の持ち主であったのか本屋に行っては塩活や健康の知識を蓄えダイナに披露し、ときには鬱陶しいほどであった。趣味の釣りも再開して忙しそうにしていた。釣り仲間とハイキングに行くことになったとかで、何度かヒアリングをすっぽかされたこともあった。釣りに行った日は逆に呼び出されて、刺身や煮物をご馳走になるのだった。そうしているうちに孫が誕生し、不器用に抱きながら目に入れても痛くないと笑う高杉の顔を見て、ダイナは心が温まるのを感じた。この笑顔を誰にも脅かせやしないと、心に刻むことができた。そういうとき、この仕事に就いて間もない頃のことを、思い出さずにはいられなかった。耳元でキーキーとうるさい塩の精のことを、思い出さずにはいられなかった。

下町の小さなスーパーからでて、ダイナは照りつける太陽を手の隙間から見上げた。今日は今年一番の暑さを記録するとかで、朝っぱらから湿度の高い空気が新宿の街に立ち込めていた。ビルが太陽の光を強く反射し、勤務中の二人の肌をじりじりと焼き付ける。

「今年の夏は暑いな。こりゃ減塩対策より、熱中症対策の方が大事だぞ。ダイナ、塩分チャージキャンディ、俺にもひとつくれ」

ライトが手を差し出してきたので、ダイナはちょっと待ってよ、と買い物袋の中を漁った。ポリ袋をガサガサまさぐると、思ってもみないものが出てきた。

「ちょっと、羽を乱暴にしないでちょうだい」

水色の髪の憎たらしい塩の妖精が、ダイナの指に絡まっていた。

「あら、久しぶりじゃない」塩美は片手をあげて、久々に会った同級生みたいにごく自然に笑った。

「どうして……」ダイナは言葉を喉に詰まらせた。

「転職したのよ。熱中症対策メーカーにね。これが結構、福利厚生が充実してるのよ」塩美は長い睫毛をぱちぱち動かして、近況を報告した。

「やだ泣かないでよ。あんたの涙は、やけにしょっぱいんだから」

おわり

著者プロフィール
横田 みすゞ（よこた みすず）
1991年生まれ。千葉県出身・在住。
日本女子大学理学部卒業。株式会社ニチレイ在籍。
減塩に関する新規事業に携わり、高血圧が「沈黙の暗殺者」と呼ばれていることを知り、本書を執筆。本業の傍ら、母校ラクロス部の監督としても活動中。

塩活援護隊《えんかつえんごたい》**ダイナ**

2024年 4 月15日　初版第 1 刷発行

著　者　横田 みすゞ
発行者　瓜谷 綱延
発行所　株式会社文芸社
〒160-0022　東京都新宿区新宿 1 − 10 − 1
電話　03-5369-3060（代表）
03-5369-2299（販売）

印　刷　株式会社文芸社
製本所　株式会社MOTOMURA

ISBN978-4-286-25167-7